U0722290

向上生长
的光芒

里尔克散文精选

〔奥〕赖纳·马利亚·里尔克 著

钱春绮 绿原 译

中国纺织出版社有限公司

图书在版编目（**CIP**）数据

向上生长的光芒 / （奥）赖纳·马利亚·里尔克著；
钱春绮，绿原译 . -- 北京：中国纺织出版社有限公司，
2021.1
　（青少年短经典阅读）
　ISBN 978-7-5180-8191-2

　Ⅰ．①向…　Ⅱ．①赖…　②钱…　③绿…　Ⅲ．①散文集
—奥地利—现代　Ⅳ．① I521.65

中国版本图书馆 CIP 数据核字（2020）第 220400 号

责任编辑：李凤琴　　责任校对：高　涵　　责任印制：储志伟

中国纺织出版社有限公司出版发行
地址：北京市朝阳区百子湾东里 A407 号楼　邮政编码：100124
销售电话：010—67004422　传真：010—87155801
http://www.c-textilep.com
官方微博 http://weibo.com/211988771
三河市延风印装有限公司印刷　　各地新华书店经销
2021 年 1 月第 1 版第 1 次印刷
开本：880×1230　1/32　印张：5
字数：150 千字　定价：39.80 元

玫瑰，哦纯粹的矛盾

乐在众多眼睑下的无人之眠

目　录
CONTENTS

第二辑　事物穿过心灵

第一辑　被爱与爱

被爱是无常，爱是永存。

马尔泰·劳里兹·布里格手记（选译）

初到巴黎

9 月 11 日　图利埃大街

确实，人们到这里来，是求生的，我倒认为，这里是死路一条。我走出去。我看到：几家医院。我看到一个男人摇摇晃晃地倒下去。好多人围拢过来，后来怎样，不清楚了。我看到一位孕妇。她沿着被太阳晒热的高墙吃力地慢吞吞地走着，她不时用手摸摸墙，好像要证实一下，墙是否还在。确实，墙还在这里。墙后面是什么？我看看地图：是产科医院。好。人们会帮她接生的——毫无疑问。再走过去，圣雅克大街，一幢有着圆屋顶的大建筑。地图上标明：瓦尔·德·格拉斯 ❶，陆军医院。我本来不需要知道这些，不过，知道也没有什么关

---

❶　瓦尔·德·格拉斯（圣宠谷）：原为修道院，建于 1645 年至 1665 年。法国大革命时改为陆军医院，并有附属的军医学校。

系。这条街开始从四面八方发出气味。能辨别得出的是这些气味：碘仿，炸土豆的油脂气，恐惧不安的气味。这是所有的城市在夏天都能闻到的气味。随后，我看到一幢奇妙得像是患白内障失明的房子，它在地图上是找不到的，但是在大门上方却还有看得很清楚的字：大众旅舍。入口旁有价格表。我看了看。不贵。

别的还有什么？固定不动的童车里有个孩子：胖胖的，带点儿绿色，额头上有一颗明显的皮疹。皮疹显然痊愈不痛了。孩子睡着，张着嘴，吸着碘仿、炸土豆和恐惧不安的气味。事情就是这样，无法改变。最重要的事是：活着。这一点是最重要的事情。

施舍不眠之夜

开着窗子睡觉，真是没有办法。电车响着铃铛驶过我的房间。汽车从我身上开过。一扇门阖上。某个地方一块窗玻璃砰的一声落下，我听到它的大碎片哈哈大笑，小碎片发出咪咪的笑声。随后突然间从房子内里的另一侧传来低沉的闷闷的响声。有人走上楼梯。走来，不停地走来。走到我房门口，停了好久，过去了。又是街道，一个小姑娘发出尖叫："唉，住嘴，我听够了。"电车非常激动地驶过来，掩盖过尖叫声开走，掩盖过一切开走。有人喊叫。好些人在奔跑，争先恐后地赶路。一只狗汪汪叫。真叫人放松一下：一只狗。甚至有一只公鸡报晓，令人感到无上的舒适。随后，我突然睡着了。

可怕的寂静

这儿都是噪音。可是这儿还有比噪音更可怕的东西。就是寂静。我相信，在发生大火时有时会出现这一种极度紧张的瞬间，水龙头的水不喷了，救火员不再往上爬了，大家都一动不动。一根黑色的嵌条在上面不声不响地向前移动出来，后面烧着大火的一堵高墙无声无息地倾斜下来。大家都高耸着肩膀站着等待，皱起额头，等待可怕的打击。这里的寂静就是如此。

学习观看

我在学习观看。我不知道是什么原因，任何一切都更深地进入我的内部，不停留在它一向到此为止的地方。我有个我不知道的内部。现在，一切都趋向那里。我不知道那里发生些什么事。

今天我写了一封信，在写信时突然发觉我在这里才来了三星期。三星期，在别的地方，例如在乡下，可能像是过了一天，而在此地却像是过了几年。我也不再想写信了。干吗要告诉人家，说我在变？既然我在变，我就不再是以前的我，既然我跟以前不同，变成另一个人，我就没有熟人，这是很明显的。对那些陌生人，对那些不认识我的人，我不可能写信。

（钱春绮　译）

脸

我可曾说过？我在学习观看。是的，我刚开始。进行得还不顺利。但我要充分利用我的时间。

举例来说，我还从没意识到，天下有多少张脸。有许许多多人，可有更多更多的脸，因为每个人有好几张。有些人，成年挂着一张脸，当然它会用旧，会变脏，会起皱，像旅途中戴过的手套一样会撑大。这是些节省、俭朴的人；他们从不换脸，他们一次也没让它洗过。他们认为，这张脸就够好了，谁能使他们相信和它相反的脸呢？他们要是有几张脸，他们用另外几张干什么呢？当然就成问题了。他们把它们保存起来。他们的孩子们会用上它们。可也会发生这样的事，他们的狗会戴着它们走出去。为什么不呢？脸总是脸。

另一些人换他们的脸，快得令人毛骨悚然，一张接一张，把它们换破了。首先，他们觉得，他们有换不完的；可他们刚刚四十岁，就已换到最后一张了。它当然难免要倒霉。他们不习惯爱护脸，他们最后一张戴了七八天，就有窟窿，许多地方薄得像纸，渐渐露出衬底来，算不得脸了，他们还戴着它到处跑。

可是那个女人，女人：她倾身向前，用双手蒙住脸，完全在沉思。这是在田野圣母街❶的拐角。我一看见她，就开始轻轻地走着。穷人在思考，是不应该打扰的。也许他们会想起什么主意来。

这条街太空了，它的空虚使人闷得慌，便把我的步子从脚底拖了

❶　原文为法文。

出来，用它呱嗒呱嗒到处走，走来走去，好像穿着木屐。那女人吓了一跳，忙抽身坐了起来，抽得太快、太猛，以至脸还留在双手中。我能看见它还搁在那儿，它的空洞的形式。我使了说不出的劲儿，才能同这双手待在一起，不去瞧从它们中撕出来的那一切。我心惊胆战地从里面看见一张脸，可我更加害怕那个没有脸的受伤的光头。

（绿原　译）

市立医院 ❶

我害怕。一个人如果有一次害怕起来，就必须做点儿什么来对付害怕。在这里生起病来是非常讨厌的，如果有人想把我送进市立医院，我一定死在那里。这家医院是令人感到愉快的医院，就诊的病人很多。人们在观赏巴黎大教堂的正面时，很难没有被那许多要尽快穿过广场驶向医院去的马车中的一辆辗伤的危险。这些是小小的公共马车，不停地响铃，如果有这样一个将死的小人物拿定主意要径直赶往这家教会医院，就是萨冈公爵 ❷ 也不得不停下他的马车让路。将死的人是倔强的，如果马尔蒂尔大街的旧货店女老板勒格朗太太乘坐马车驶到西特岛的

---

❶ 市立医院：原文直译为天主医院或教会医院。在塞纳河中的西特岛上，巴黎圣母院对面。

❷ 萨冈为西里西亚的古公国。萨冈公爵的称号，从1862年起归于塔列兰·佩里加尔家族。

某处 ❶，整个巴黎的交通都要堵塞。你可以看到，这种可恶的小马车，窗子上嵌着非常引人兴趣的毛玻璃，窗子后面，你可以想象到最精彩的垂死挣扎；对此，只要有一个看门女人的想象力就够了。如果有更丰富的想象力而且向另一方向驰骋，那么，种种猜测简直会无边无际。可是，我也看到敞篷出租马车的到达，把车篷翻向后面的计时出租马车，通常收费的标准：送临终病人每小时两个法郎。

这家卓越的医院很古老了，在克洛维斯王 ❷ 的时代已有人在其中的几张病床上亡故。现在会在五百五十九张病床上死去。当然是像工厂那样成批生产的死亡。这种巨大的产量，个别的死亡是不会得到好好的处理的，不过这也不是什么问题。这是由于数量造成的。今天还有谁重视一场妥善安排的死亡？没有一个人。甚至是那些花费得起的有钱人，他们本可以周详地安排后事，也开始马马虎虎、漠不关心了；要有一个独自的死亡的愿望变得越来越少，再过一段时间，这种独自的死亡也会像独自的生存那样变得稀少了。天啊！一切皆是如此。人们来到世间，找到一种生活，就像准备好的现成的衣服，只要把它穿在身上就行。他想离开世间，或者被迫如此：这时，用不着紧张：Voilə votre mort, monsieur.（你的死期到了，先生。）碰到死亡来临，人就死了。人之死，是属于他所患的疾病的死亡（因为，自从人们认识了所有的疾病，人们也知道，各种致命的结果都属于疾病而不属于人；

---

❶　指市立医院。

❷　克洛维斯为法兰克王的名字。最有名的为克洛维斯一世（约465—511）。他于 5 世纪末建立法兰克王国。507 年击败西哥特人，将高卢西南部并入法兰克王国版图，并定都巴黎。

几乎可以说，病人是无能为力的。）。

在死得那样心甘情愿而且对医生、护士那样满怀感激的疗养院里，病人死于由院方安顿好的死亡；这也是受欢迎的。可是，如果死在家里，当然要选择上流社会的那种郑重的死亡，加上似乎已经开始的最高级的葬礼和全套的极其美好的风俗习惯。那时，穷人们都站到丧家的门外一饱眼福。他们自己的死亡当然是平凡的，没有任何繁文缛节。当他们看到有人穿着很合身，就觉得高兴。宽大一点儿也不要紧；人总会胀得大些的。只有当他胸前的衣服扣不拢或者太紧时，那时才碰到麻烦。

祖父侍从官之死

当我想起现在已没有一个人在那里的老家，我认为以前一定是大不相同的，以前人们知道（或者也许是隐约感到）在自己的内里藏着死亡，就像水果里藏有果核一样。孩子们的体内藏有小小的死亡，大人的体内则是大的。妇女的死亡是在肚子里，男人们的死亡是在胸膛里。谁都有个死亡，这给一个人赋予一种特有的品位和一种暗暗的骄傲。

就是我的祖父，老侍从官布里格，人们也看得出他的体内藏着死亡。是什么一种死亡：两个月之久，死亡叫得那样响，在相邻的庄园那边也听得到。

那座广大而古老的庄园宅邸，对这种死亡，显得太小了，好像应该增建厢房，因为侍从官的身体越来越胀大，他要人不断地把他从这间屋搬到另一间屋，当白天还没有结束，再没有一间他没躺过的屋子时，他就大发怒火。然后，男仆、女仆、一向不让离开他身旁的几只狗，成群结队地跟着他上楼，总管家在前头带路，进入他的亡母去世的房间，那间屋子完全是二十三年前她去世时的老样子，一向不让任何人进去。现在，整个一大群闯进来了。窗帘拉开，夏日午后的强烈的阳光照进来查看那一切羞怯受惊的物件，而且不灵活地转身反照在掀掉罩布的镜子上面。那一大群人也是如此这般。那些女仆们，充满好奇心，不知道把手放在哪里才好，年轻的男仆们，呆望着每样东西，年纪大些的仆人们则走来走去，努力回忆曾听说过的有关这间他们现在有幸进入的紧锁着的房间的故事。

可是，来到一切东西都发出一种气味的一间房屋里，特别是对于那些狗，使它们感到非常兴奋。高大瘦削的俄国猎狗，在靠背椅后面忙忙碌碌地跑来跑去，做出摇摇摆摆的动作，踏着宽大的舞步穿过室内，像纹章上的狗一样立起，把瘦瘦的前爪搁在白金色的窗台上，露出尖尖的紧张的脸和缩后的额头，向窗外的院子里东张西望。小小的手套般黄色的猎獾狗，露着好像觉得一切都井井有条的样子的脸，坐在临窗的宽大的丝绒沙发椅子上，一只毛色发红的，看上去有点儿闷闷不乐的短毛大猎狗在金色桌腿的桌子角上蹭它的背脊，放在彩绘桌面上的塞夫勒 ❶ 产的瓷杯子被震得摇摇欲坠。

确实，对于这些灵魂出窍、睡得昏昏沉沉的东西，这乃是一个可怕的时刻。发生了这些意外：从那些被某只性急的手笨拙地翻开的书

---

❶　塞夫勒为塞纳河左岸的市镇，在巴黎和凡尔赛之间，以瓷器闻名。

中，摇摇晃晃地飘出来的玫瑰花瓣被踏坏了；一些小小的脆弱的物件被胡乱拿起，登时碰坏，又很快放回原处，有些藏品也被塞到窗帘后面或者被丢到金色网眼的壁炉格子后面。不时有什么东西落下来，闷声地落在地毯上，响亮地落在坚硬的镶木地板上，可是到处都有打碎的东西，有的发出尖锐的声音破碎了，有的几乎不发出声音裂开，因为这些娇惯的东西，掉下来是受不了的。

如果有人想问，在这间小心保护的房间里会招来如此大量的破坏，究竟是什么原因——那只能有一个答案：死亡。

住在乌尔斯戈尔德的侍从官克里斯托夫·德特勒夫·布里格之死。他躺在地板当中，动也不动，他的身体胀得很大，那套深蓝色的制服裹不住他。在他那大大的、异样的、无人再能认得出的脸上，眼睛闭上了：他看不见周围发生的事。人们最初想把他抬到床上，可是他不肯，因为，自从他病势加重的那几个夜晚以来，他讨厌床。楼上的那张床也显得太小，没有别的法子，只好让他躺在地毯上；因为，他不愿意搬到楼下去。

现在，他躺在那里，人们可能以为，他已经死了。天色开始缓缓暗下来，狗一只接一只从门缝里走出去，只有那只面色闷闷不乐的硬毛狗坐在主人旁边，把它的一只宽大、多毛的前爪搁在克里斯托夫·德特勒夫的灰色的大手上。这时，大多数仆人也站到白色的走廊里，那里比房间里亮些；而那些还留在房间里的仆人则时时偷看着房间当中的又大又黑的一堆，他们但愿那不过是裹着腐朽物体的一件大外衣。

可是，还有别的。有一种声音，在七个星期前还无人听到过的声音：因为，这不是侍从官的声音。这不是属于克里斯托夫·德特勒夫的声音，而是克里斯托夫·德特勒夫的死亡。

克里斯托夫·德特勒夫的死亡在乌尔斯戈尔德已经熬了好多好多天，跟所有的人交谈并且提出要求。要求把他搬出去，要求搬到蓝色的房间里，要求搬到小客厅里，要求搬到大厅里，要求把那些狗带来，要求大家说说笑笑，演奏音乐和一声不吭，一下子都来，要求见见朋友、妇女和作古的人，要求自己死去：要求。一面要求，一面叫喊。

因为，当黑夜降临，那些不值班的过度疲劳的仆人们都想去睡觉时，那时，克里斯托夫·德特勒夫的死亡就叫喊起来，他呼喊、呻吟、号叫，如此长久而持续，使得那些最初也跟着一起嚎叫的狗都沉默下来，不敢躺下来，却用它们又长又瘦的发抖的腿站在那里感到害怕。当村里人听到他的号叫声穿过辽阔的、银色的丹麦的夏夜传到耳中时，他们都从床上爬起来，好像碰到暴风雨之夜，穿好衣服，围坐在灯旁，一声不吭，直到号叫声停止。而那些临近分娩的产妇，都被转移到最偏僻的房间和密不透音的隔板小棚里；她们也听到了，她们听到就像在自己的肚子里号叫一样，她们恳求也让她们起床，披着宽大的白衣服，露着擦得模模糊糊的面孔，来跟其他人坐在一起。那些在此时产小牛的母牛，产门不开，无法助产，胎中的小牛总不肯出来，人们只好替一只母牛把死胎连同所有的内脏都拉出来。仆人们全都没有好好干活，忘记把干草送进去，因为他们在白天担心夜晚到来，因为他们好多夜晚不睡，害怕睡下去又要爬起来，已弄得精疲力竭，什么事都想不到了。当他们在星期天前去白色的宁静的教堂时，他们都祈祷在乌尔斯戈尔德不再有任何主人：因为这是一位可怕的主人。他们大家所想的和所祷告的，神父都在讲台上高声说了出来，因为他夜晚也不再能安眠，也不能领悟天主的心意。教堂的大钟也说它遇到一个可怕的敌手，这个敌手通宵发出低沉的声音，即使大钟使尽全部金属的力量鸣响起来，也毫无办法对付那个敌手。确实，村民们全都议论纷纷，年轻人中有一个曾做了一个梦，梦见他自己进入府邸里用他的粪叉把主人戳死，村民们都很激昂，最后，由于过度兴奋，当他叙述他的梦境时，大家都来倾听，接着，不知不觉地打量他，怀疑他是否能胜任这种事情。就在几个星期以前人们还对侍从官爱戴、同情的整个地区，人们都如此感觉到、议论着。可是，尽管他们如此议论，事态却毫无改变。在乌尔斯戈尔德拖延着的克里斯托夫·德特勒夫的死亡却是从容不迫。死亡要来待上十星期，它就待了十星期。在这一段时间，它比克里斯托夫·德特勒夫一向的表现还要像个主人，它就像一位以后永远被称为可怕的暴君的国王。

这不是任何一个水肿病患者的死亡，这是侍从官在他长久的一生之中蓄积在自身之中，用他自己的血肉养育的，恶性的，王公一般的死亡。他在平静的生活之中未能耗尽的一切过度的高傲、意志和统治力都收进他的死亡，现在在乌尔斯戈尔德待着的挥霍的死亡之中。

对那种盼望他不该这样死去而应当代以另一种死法的人，侍从官布里格会怎样瞪眼看着他。侍从官死于他的痛苦之中了。

独自的死亡

我想起我曾见过或者听说过的其他人：情况总是一样。他们全都有其独自的死亡。有些男子，把死亡像囚犯一样藏在甲胄里面，有些年龄很老而皱缩起来的妇女，后来躺在一张巨大的床上，像躺在戏台上一样，面对着全家、仆人和狗，立即以主人的姿态离开人世。那些孩子们，甚至是很小的孩子们，也不像任何一个孩子那样死去，他们尽力控制自己，以他们现有的和将会长成的那种姿态死去。

怀孕的妇女们站立在那里的姿态，显示出多么忧伤的美，她们的纤纤素手不自觉地放在她们的大肚子上面，肚子里有两个胎儿：婴儿和死亡。在她们清清爽爽的脸上浮出深厚的，几乎是丰满的微笑，难道不是由于她们常常以为肚子里有两种东西在生长着吗？

对付恐惧的办法

我有了对付恐惧的办法。我坐着写了一个通宵，现在是如此疲倦，就像在乌尔斯戈尔德的郊野上走了一段远路之后一样。那里的一切已不复存在，在古老的广大府邸里住进了不相识的人们，这是难以想象的事。在阁楼上的刷得粉白的房间里，现在可能有女仆们睡在那里，湿汗淋漓地睡她们的大觉，从晚上睡到天亮。

而我，没有同伴、没有东西，只带着一只箱子、一只书箱，实在连好奇心也没有，在世间漂泊。这到底是一种什么样的生活：没有家，没有祖传的东西，没有狗。至少也该有回忆。可是，谁有回忆呢？如果有童年时代的回忆也好，可是，童年时代已经像是被埋葬掉了。要想再获得这一切，也许非得等到老了不行。我想，变老了倒很好。

杜伊勒利公园

今天碰上晴和的秋天的早晨。我在杜伊勒利公园里散步。朝东的一切，在阳光下发出耀眼的光芒。承受阳光的地方，笼罩着迷雾，像挂着淡灰色的帷幕。在迷雾未散的园中，那些灰色的雕像在灰色的雾中晒太阳。在长长的花坛里，一朵朵开着的花发出吓人的声音叫着"红"的警告。

后来，一个很高的瘦瘦的男子，从香榭丽舍大街走来，来到街角转弯处；他拿着一根拐杖，但是不再把它支在腋下——却轻轻地挂在身前，不时把它稳稳地竖在地上，发出响亮的声音，像传令官之杖一样。他止不住喜悦的微笑，对一切都不看一眼，只对着太阳和树木微笑。他的脚步像孩童的脚步一样很谨慎胆怯，但非常轻松，充满了对从前的那种步行的回忆。

巴黎的月夜

这样一个小小的月亮真有无边的法力。有这样的夜晚，在它周围的一切，淡淡的、轻轻的，在明亮的空中模模糊糊，可是却很清晰。那些已经靠近的，却带着遥远的色调，被远远移开，可望而不可即；那些连接到远处的：河、桥、长街、四通八达的广场，把远处收进自己的身后作为背景，映在上面就像一幅绢画一样。另外，在新桥❶上驶

---

❶ 新桥是巴黎最古老的桥，建于 1578 年至 1607 年。位于西特岛西端尖嘴上，将塞纳河两岸联结起来。

过的一辆淡绿色马车，或者某一点难以捉摸的红光，或者在围着一排珍珠色房屋的隔火墙上贴着的广告画，都真有难以言传之美。一切都变得单纯化，就像马奈❶肖像画中的面孔一样，都被概括成几个精神的、明亮的面。没有一点不足，没有一点多余。塞纳河畔的旧书商们打开了书箱，那些书本的新鲜的或是翻旧了的黄色，那些封面的带紫色的褐色，画册大书套的绿色：全都很相称、适合、和谐，构成一种什么也不缺少的齐全。

街头景象

　　在窗下的街上有如下的组合图：一个妇女推着一辆小小的手推车；车前纵放着一只手摇风琴。它后面横放着一只婴儿篮子，一个很小的孩子，挺着腿站在里面，快乐地戴着一顶帽子，不肯坐下。那个妇女不时摇转手摇风琴。那个很小的孩子就立即踏着脚重新站立起来，一个穿着绿色新衣裳的小女孩跳起舞来，对着上面的窗口敲起小手鼓。

（钱春绮　译）

为了一首诗……

　　我认为。我既然学会了察看，就得开始做点儿什么。我二十八岁了，

---

　❶　爱德华·马奈（1832—1883）：法国印象派画家。

简直好像什么也没发生。让我重说一遍：我写过一篇关于卡尔帕乔 ❶ 的论文，写得很糟，还有一个剧本，题名《婚姻》，想以暧昧的手法揭示一点儿虚伪，还写过诗。唉，诗写早了，成不了气候。应当推迟提笔，应当一辈子，尽可能长的一辈子，搜集感觉和甜美音调，也许最后可以写出十行来。诗并非如人们所想，是什么感情（感情早就够了）——它是经验。为了一首诗，必须参观许多城市，看许多人和许多东西，必须认识动物，必须感觉鸟是怎样飞，知道小花早上开放的姿态。必须想得起不熟悉地区的道路，想得起意外的邂逅和早就眼见要来的别离——想得起还没弄明白的童年，想得起如果你的父母为你安排一件乐事，而你并不领会（虽然别的孩子可能高兴地接受），那一定会伤他们的心的，想得起如此离奇地招致这许多深重变化的儿科疾病，想得起寂静的、闭塞的房间里的日子，想得起海上的早晨，想得起一般的大海和海洋，想得起高高呼啸而过并携带群星飞翔的旅途的夜——即使想得起这一切，也还不够。还必须记住许多每次无与伦比的做爱的夜，记住分娩者的尖叫，记住轻松的、穿白衣的、熟睡的、正在愈合的产妇。但是，还必须曾经跟垂死者一起待过，必须曾经在开窗的、噪声断续可闻的小室里坐在死人的旁边。而且有记忆也还不够。如果它们多了，就得把它们忘掉，还得有很大的耐性，等待它们再来。因为，要紧的并不是记忆本身。只有当它们在我们身上变成血液，变成目光和手势，无可名状，又不再同我们自身有所区别，只有这时才会发生这样的事，即在一个非常稀罕的时刻，一首诗的第一个词儿出现在它们中间，并

---

❶ 卡尔帕乔（1460—1526）：威尼斯画派的画家。

从它们中间走出来。

可是我所有的诗却不是这样写成的，所以它们根本不是诗——我写剧本，就更是瞎闹。我需要一个第三者来叙说两个怨偶的命运，我是不是一个模仿者和傻瓜呢？我是多容易掉进这个陷阱。我原本应当知道，出现在一切生活和文学中的这个第三者，一个从来不存在的第三者的这个幽灵，是没有任何意义的，人们一定会否定他。他正是自然的一个借口，自然一直努力把人们的注意力从它最深的秘密引开。他还是一道屏风，一场戏剧得以在它后面演出。他是通向一场真实冲突之无声寂静的进口处的喧闹。人们可以设想，谈论本剧所写的两个人，迄今为止对一切人来说都是太难了；而第三者，正因为他是不真实的，才是他们都知道的那个任务的车襻儿。他们的戏剧一开始，人们就注意到，他们简直急不可待地碰见那个第三者。他一出场，就万事大吉。如果他迟到了，没有他就几乎什么也发生不了，一切停顿着、呆滞着、等待着，是多么无聊啊。如果老是这样停滞下去，又将如何呢？如果他失踪了，这个可爱的花花公子或者这个狂妄的青年，他在一切婚姻中像一把开锁的万能钥匙，试问剧作家先生，还有你，深谙世故的观众，又该怎么样？举例说，如果魔鬼把他抓走了，又该怎么样呢？我们不妨设想一下。马上会注意到舞台人为的真空，它像危险的窟窿一样被墙堵住，只有从包厢边缘而来的飞蛾从动摇的空穴中翩翩飞过。剧作家们不再欣赏他们的别墅了。所有公共侦探行业在遥远的天涯海角为他们寻访那个无可代替者，即情节本身。

于是他们生活在人间，不是这些"第三者"而是两个人，关于他们本来有多得难以置信的事情可说，可一直从没说过什么，虽然他们在受苦、在行动，也不知道怎么自救。

这是可笑的。我坐在我的这个小室里，我，布里格，二十八岁了，什么人也不认识我。我坐在这里，微不足道。但是，这个微不足道者开始思考着，思考着，在巴黎一个灰色的下午，六层楼上，思考这些念头：

他这样想道，什么真实的、重要的事物都还没见过、辨认过和说过，是可能的吗？本来有一千年可以看、可以思考、可以记录，却把这一千年用来吃奶油面包和苹果，让它像一次课间休息似的过去了，是可能的吗？

是的，这是可能的。

虽然有发明和进步，虽然有文化、宗教和哲学，人们仍然停留在生活的表面，是可能的吗？连这每每还算点儿什么的表面也套上无聊得难以置信的布罩，以至看起来就像暑假期间的沙龙家具，是可能的吗？

是的，这是可能的。

整个世界史被误解了，是可能的吗？过去是错误的，因为历史总是谈过去的群众，正像是谈那些围拢来凑热闹的许多人，而不谈被群众围在当中的那一个人，因为他是陌生的，而且死了，这是可能的吗？

是的，这是可能的。

人们认为不得不补做他们出生以前就发生了的事情，是可能的吗？必须提醒每一个人，只有从过去一切中经历过来的人，才知道过去的事，而不应当听信那些有不同的经历的其他人，是可能的吗？

是的，这是可能的。

所有这些人完全确认一个绝未存在过的过去，是可能的吗？一切现实对他们都毫无意义，他们虚度一生，一无所获，就像空房里的一座钟，是可能的吗？

　　是的，这是可能的。

　　人们对活着的少女什么也不知道，是可能的吗？人们说"妇女们""孩子们""儿童们"，却没预想到（受再多教育也没预想到）这些词儿早已不再有多数，只有无数的单数，是可能的吗？

　　是的，这是可能的。

　　有这么一些人，他们说"上帝"，认为它是个共同的东西，是可能的吗？且看两个学生：一个买了一把小刀，他的同学当天也买了一把完全一样的小刀。一个星期以后，他们拿出这两把刀来比，结果它们显得完全是两个模样——它们在不同的手里变得那样的不同。（是呀，一个人的母亲还说：什么东西都会用坏的嘛——）啊哈，相信人们有个上帝而不去利用，是可能的吗？

　　是的，这是可能的。

　　但是，如果这一切都是可能的，即使只有一种可能性的假象——那么，为了世上的一切，也一定会发生点儿什么。随便什么人，有了这些令人不安的念头，一定会开始做点儿被疏忽了的事情；即使是任何一个人，完全不合适也罢：实在再没有别人了。这个年轻的、无关紧要的外国人，布里格，将不得不跑到六层楼上来，日夜写作：的确，他将不得不写作，这就是结局。

（绿原　译）

在外公家里

　　那时我应当是十二岁，或者至多十三岁。我的父亲带我去乌尔涅克洛斯台尔。我不知道父亲为什么要去看望他的岳父。自从我母亲死后，他们二人已有好几年没见过面，我父亲还从来没有到那座古堡去过——布拉埃伯爵直到晚年才回到那里定居。自从我外公死后，古堡落到了他人手里，以后，我也再没有见过那座奇特的房子。当我追想起童年时代留下的印象，它并不是什么整套建筑，在我心中，它是完全分散的；这里一间，那里一间，这里是一条走廊，而走廊又不把两间屋子连接起来，却是孤立的，像断层一样保存在我的记忆里。就这样，在我心里，一切都是零零碎碎——那些房间，要慢条斯理地走下来的楼梯，还有另外的狭窄的螺旋形小楼梯，从这种阴暗的楼梯上走下来，就像血在血管中流动一样；塔楼的房间，像吊在半空的楼阁，从一扇小门走出去的令人想不到的阳台；这一切都铭记在我的心里，永远不会消失。就好像那座房子的形象从无限的高空坠落到我的心里，在我的心底撞得粉碎。

　　完全保存在我心中的，我觉得好像只有那间大厅，每晚七时，我们总是聚齐在那里进晚餐。我从没有在白天见过这间大厅，甚至也记不起它是否有窗子，窗子又是开向哪里；每次，当家人们走进来时，沉重的枝形烛台上总是点燃着蜡烛，在几分钟以内，人们就把白天以及在大厅外面看到的一切都忘掉了。我猜想，有拱顶的这间大厅给人留下的印象肯定比其他一切更为强烈；它那越往上越暗的高顶，那些从未被照亮过的角落，使这间大厅从人们心中吸去了一切外界的印象，却不给人留下任何确实的印象作为补偿。人们坐在那里，就像融化掉一样；完全失去了意志、意识、欲望、防御力。就像是一个空位。我记得，这个毁灭人性的环境最初几乎要使我作呕，像晕船一样，我只有伸出我的腿，用我的脚碰碰坐在我对面的我父亲的膝头来自我克制。直到以后我才觉得他似乎理解了，或者不怪我做出这种奇特的动作，尽管我们二人之间的关系几乎是冷漠的，而我的这种举止却是不可理解的。可是这轻轻一碰却给了我力量，使我受得了那漫长的用餐时间。在最初几个星期里，我是拼着命忍受，后来，由于儿童具有的那一种几乎是无限的适应力，我对那种团聚的不舒服感已非常习惯，在餐桌旁坐上两小时，也不再吃力；由于我热衷于对那些坐在餐桌旁的人们进行观察，两小时时间，相对的，甚至觉得过得很快了。

我的外公把一起用餐的人都称为家族，我听到别人也使用这个非常随意的叫法。共餐的这四个人虽是旁系亲属，但绝对不是一家人。坐在我旁边的舅父是一位老人，他那硬邦邦的晒黑了的脸上有几个黑疤，我听说是装火药发生爆炸留下的后果；他因为爱发牢骚、心怀不满，当到少校就退伍下来，现在躲在府邸内一间我不知道的房间里从事炼金术的试验，而且，我听仆人们说，他跟一所监狱有联系，从那里，一年有一两次给他送尸体来，他就日日夜夜关在房间里进行解剖，用一种秘密的方法处理，使尸体不至腐烂。在他的对面，是玛蒂尔德·布拉埃小姐坐的位置。她有多大年纪，人们弄不清楚。她是我母亲的堂姐妹，对她的情况，人们也一无所知，只知道她跟一位奥地利的招魂术士经常通信，那人自称是诺尔德男爵，她对他佩服得五体投地，任何小事，没有预先获得他的同意，或者更确切地说，获得他的一些祝福，她绝不会着手。那时，她很肥胖，软绵绵、懒洋洋的大块头，仿佛随随便便地滑进她那身宽松的浅色衣裳里去似的；她的动作很吃力，又不明确，她的眼睛经常泪水汪汪。但尽管如此，她仍有些地方令我想起我的温柔、苗条的母亲。我越是看她，我就越发觉自从我母亲去世以后我再不能好好想起的，我母亲的优美温柔的面影在她的脸上重现出来；现在，自从我每天看到玛蒂尔德·布拉埃，我才重新记起我的亡母是什么样子；确实，也许我是第一次知道我母亲的面貌。现在，由许多许多的个别印象才在我心里组合成亡母的形象，那种形象，无论到哪里，都不离我的左右。后来我才弄清楚，奠定我母亲面貌的个别特征，实际上，布拉埃小姐的脸上全都具备——只是在布拉埃小姐的脸上挤进来一个陌生的面孔，把五官挤得各自分开，被扭曲了，不再互相连接。

在这位女士旁边，坐着一位堂姐妹的小儿子，一个男孩，年龄跟我差不多，可是长得比我小，又比我体弱。从荷叶边的领子里伸出细瘦、苍白的颈项，又消失在长长的下巴底下。他的嘴唇很薄而且紧闭，鼻翼微微颤动，他那美丽的深褐色眼睛只有一只能够转动。这只眼睛常常安静而忧郁地向我看来，而另一只眼睛总是盯着厅里的同一个角落，好像已被卖掉，不能自由使用了。

餐桌的首座是外公的很大的靠背椅子，一个专司此职的仆人把它推到外公的屁股下面，老人就坐后，他的身体只占据很小一部分。有些人称呼这位重听的家长式的老人为阁下和官内大臣，另一些人则送他将军的称号。他确实有过这一切头衔，不过，他担任这些官职，已是很久以前的事了，现在叫这些称号，很难再让人弄清楚了。我却总是觉得，他那种在某一瞬间显得非常明显，随即又一再显得模糊的性格是无法给予一个贴切的、一定的名称的。我无法下定决心叫他外公，尽管他有时对我很和气，甚至把我唤到他身边，努力用诙谐的声调叫我的名字。此外，全家人都以一种混合着崇敬和畏惧的态度对待伯爵，只有小小的埃里克跟这位年老的家长保持某种亲密的关系；他那一只会动的眼睛有时向老人投以会心的急速的一瞥，外公也同样急速地看他一眼；人们有时也能看到他二人，在漫长的下午，在深深的画廊的尽头出现，手拉着手观看，沿着那些阴暗的古老的肖像画走着，一言不发，显然以另一种方式互相表达意思。

我差不多整天泡在园子里，外面的山毛榉树林里或者荒野里；幸而在乌尔涅克洛斯台尔有些狗陪着我；到处会碰到佃户的房屋或者农场，在那里可以获得牛奶、面包和水果，我认为我可以颇为无忧无虑地享受我的自由，至少，不用让我想到在以后的几星期里的晚间团聚而感到害怕。我几乎不跟任何人说话，因为，我喜爱孤独；只有时跟狗做简短的交谈：我跟它们颇能相互了解。再说，沉默乃是一种我们家族的特性；我从父亲的身教养成这种习惯，因此，在晚餐时大家几乎一声不吭，并不使我感到惊异。

在我们刚来的头几天里，玛蒂尔德·布拉埃的确显得特别话多。她向我父亲打听住在国外城市里的以前的熟人的消息，她回忆起一些久远的印象，她想起一些已故的女友和某位年轻的男子，不由得感动得流下眼泪，她透露出，那位青年曾爱过她，但她对他那种热烈的无希望的爱情却未能回报。我的父亲洗耳恭听，不时点点头表示同意，只做出最必要的回答。坐在首席的伯爵不断地抿着嘴微笑，他的脸好像比以前大了一些，仿佛戴着假面具。此外，他有时也插上几句，但他的话并不针对任何人，可是，尽管他声音很低，整个大厅里却都能听到；他的声音有点儿像一只钟的有规律的、自顾自的走动；他的声音四周的寂静好像具有独特的空洞的共鸣，每个音节都相同。

布拉埃伯爵对我的父亲谈起他的亡妻，也就是我的母亲，他认为这是特别合乎礼法的一套。他称她为西比勒伯爵小姐，他的每句话都以关心她作为结束。不知何故，我总觉得，话中所指的好像是一位身穿白衣、随时可能走进大厅里来的非常年轻的姑娘。我也听到他以同样的口吻说起"我们的小安娜·索菲"❶。有一天，我打听这位似乎特别受外公喜爱的小姐是谁，才知道他指的是康拉德·雷温特洛❷宰相的女儿，先王弗雷德里克四世❸的出身较低的王后，她在罗斯基勒❹已经长眠了将近一百五十年了。年代的顺序对外公无关紧要，死亡是小小的意外事故，他全不放在眼里，一度留在他的记忆中的人物，就永存下去，死亡不会引起最微小的改变。在老主人去世若干年以后，人们

❶ 安娜·索菲（1693—1743）：1712年进入弗雷德里克四世的后宫。1721年王后路易丝死后，跟丹麦王公开结婚，1725年正式加冕为王后。参与国政。1730年国王死后，被幽禁于克洛斯霍尔姆城堡，十年后逝世。

❷ 康拉德·雷温特洛(1644—1708)：丹麦首相，很受弗雷德里克四世宠爱，被称为阴谋家，权势很大。

❸ 弗雷德里克四世（1671—1730）：丹麦国王，1699年即位。他曾跟瑞典作战，1721年签定和约。曾于1702年废除农奴制。

❹ 罗斯基勒：丹麦西兰岛东部港口，是哥本哈根的市郊住宅区。从10世纪到1443年曾经是丹麦的首都，建有四十个丹麦国王和王族陵墓。

还谈到他那样固执地把未来和现在混同起来等量齐观。据说，有一次他曾跟某位年轻的妇女谈起她的儿子们，特别谈到她的一个儿子的旅行，那位年轻的妇女刚刚第一次怀孕，才怀了三个月，听了他的话，又惊又怕，坐在这位滔滔不绝的老人身边几乎昏了过去。

可是，那时我开始笑起来。确实，我大声笑着，抑制不住。就是有一天晚上，玛蒂尔德·布拉埃没来吃晚饭。那个年老的、几乎失明的仆人，在走近她往常的座位时，仍旧把盘子端上去。他这样等了一会儿；然后，满意地，好像一切都没有变化，庄重地走向另一个席位。我注意观看这个场面，在我观看的这一瞬间，并不感到有什么可笑。可是，过了一会儿，当我把一块食物送进嘴里时，一阵笑直往上冒，冒得这样快，竟使我呛着了，引得大家嚷个不休。尽管这种情况使我觉得很难堪，尽管我拼命想法保持严肃，笑仍然一阵阵迸发出来，使我抵挡不住。

我的父亲，似乎要掩饰我的丢丑的举动，他用又粗又低的声音问道："玛蒂尔德是病了吗？"外公以他一贯的方式微笑着，回答了一句话，我因为忙着自己的事，没注意听，不过他那句话似乎是："不，她只是不想碰到克里斯蒂娜。"我也因此没有看出外公这句话发生的作用，使得邻座的被太阳晒黑的少校站起身来，说了一句含糊不清的抱歉之词，对伯爵鞠了一躬，就离开大厅。我只注意到他在家长背后的门边又转过身来，向小埃里克，而且使我大感意外的是，也向我做了一个招手和点头的姿势，仿佛要求我们跟随他同去。由于过度惊奇，我的笑已停止逼迫我。此外，我对少校没有注意下去；他使我感到不快，我也注意到，小埃里克并没有理睬他。

这顿晚餐像以往一样拖了很久，正当要用最后一道甜点心时，在大厅的昏暗的角落里出现的一种动作把我的目光吸引住，带过去了。那里有一道门，听人说是通往夹层里的，我以为它是一向锁好的，这时逐渐打开了，我怀着一种对我而言完全没经历过的，好奇和震惊的感情注视着，只见一位穿着浅色衣服的苗条妇女走进黑暗的门口，慢慢地向我们走过来。我不知道我是否跳起过或者大叫过，只听到一声椅子倒下的响声，迫使我把视线从那位奇妙的女人身上移开，我看到我的父亲跳了起来，面色苍白，垂下揑紧拳头的双手，向那位妇女走去。那位妇女对这种场面完全不在意，一步一步走向我们，已经距伯爵的座位不远，伯爵猛然站起身来，抓住我父亲的手，把他拖回到桌边，不许他动，而那位陌生的妇女，慢慢地，冷漠地穿过那现在已无任何障碍的空间，一步一步，越过那只有某处一只玻璃杯颤巍巍震响的难以形容的寂静，从大厅对面墙上的一扇门消失了。在这一瞬间，我注意到，深深地鞠了一躬，把那位陌生妇女身后的门关上的乃是小埃里克。

　　不离开餐桌，依旧坐在座位上的，只有我一人；我坐在靠背椅子里，像生了根一样，似乎单靠我自己再也站不起来了。我看了一会儿，却茫无所见。然后，我想起我的父亲，我看到老外公仍旧紧紧抓住他的手。这时，我父亲的脸怒气冲冲，满脸充血，而外公，他的手指就像猛禽的白色钩爪一样紧紧勒住我父亲的手，露出他那像戴着假面具一般的微笑。随后，我听到他一个音节、一个音节地在说些什么，但我却听不懂他话中的意思。不过，他的话却深深地铭刻在我的耳中，因为，大约在两年以前，有一天，我从记忆深处发现了它，从此一直记住。外公是说："你太性急，侍从官，而且不礼貌，为什么不让人家各行其是呢？"父亲插嘴叫道："那是谁？""是有权利待在这里的人。不是外人。是克里斯蒂娜·布拉埃。"随即又出现那种奇特的稀薄的寂静，玻璃杯又开始颤巍巍震响。然后，父亲一下子挣脱了手，从大厅里冲出去了。

我听到他一整夜在走来走去；因为我也睡不着。可是到天亮时，我突然从睡意蒙眬中醒来，吓得心都瘫痪了似的看到什么白色的东西坐在我的床边。我的绝望最后给了我力量，让我把头蒙到被窝里，由于害怕和束手无策，我开始哭起来。突然，被子被掀开，我的泪眼变得凉爽而明亮；我闭紧泪眼，不让它看到什么。可是，完全就在近旁劝说我的声音，温馨而甜蜜地对着我的脸飘来，我听得出，这是玛蒂尔德小姐的声音。我立即放心了，不过，尽管我已完全不哭，我仍旧让人继续安慰我；虽然我觉得这种亲切有点儿太软弱，可是我仍然享受它，认为是理所应当的。最后，我说道："姨妈，"试图从她那模糊的脸上归纳出我母亲的面容，"姨妈，那位女士是谁？"

"唉，"布拉埃小姐发出一声令我觉得滑稽的叹息，"一个不幸的人，孩子，一个不幸的人。"

那天早晨，我看到有几个仆人在一间房间里打包裹。我想，我们要走了，我觉得，我们现在回去，完全是当然的事。也许这也是我父亲的意见。自从那晚上发生那件事以后，是什么理由使我父亲还要待在乌尔涅克洛斯台尔，我到今天也不明白。可是，我们没走。我们在那座房子里又待了八九星期，我们忍受了那座房子里的种种怪事的压力，我们又看到克里斯蒂娜·布拉埃三次。

那时，我一点儿不知道她的故事。我不知道她在很久很久以前，第二次坐月子时就死去了，她生了一个男孩，他在充满恐惧的残酷的命运之中长大——我不知道她是一个已经死去的人。可是，父亲是知道的。脾气暴躁，生性喜爱彻底弄明白的父亲，他是想强做镇静，经受住这种怪事而不加闻问吗？我看到，却并不理解，他是怎样进行内心的思想斗争，我见到，却不明白，他最后是怎样克制住的。

这是我们最后一次看到克里斯蒂娜·布拉埃的情形。那晚，玛蒂尔德小姐也来吃晚饭；可是，她跟以往不同。像在我们到达的头几天里那样，她说个不停，前后不连贯，自己也一直搞不清楚，同时，由于心神不定，不断地整理头发或者整理衣裳——直到后来，突然发出哀叹的大叫，站起身来走开了。

就在这一瞬间，我的眼光不由自主地转向先前的那扇门，果然：克里斯蒂娜·布拉埃走了进来。坐在我旁边的少校，身体激烈地颤抖了一下，他这一颤抖，也传到我的身体上来，可是，他显然已没有站起来的力气。他那晒黑了的、有伤疤的老人的脸，转向餐桌旁的各位，张开嘴，舌头在蛀坏了的牙齿后面打滚；随后，这张脸突然看不到了，他那白发的头伏到桌子上，他的手臂像分成两段，一段放在头上，一段放在头下，露出一只干瘪的有斑点的手在颤抖。

这时，克里斯蒂娜·布拉埃正一步一步，像病人一样慢吞吞地穿过难以描摹的寂静走过去，在那寂静之中只听到一声像是一只老狗发出的呻吟声。而在那边，插满水仙的天鹅形银花瓶的左侧，现出老外公的像戴着假面具的大脸，脸上堆着阴郁的微笑。他向我的父亲举起葡萄酒杯。这时，我看到，我的父亲，正当克里斯蒂娜·布拉埃走过他的椅子后面时，拿起他的酒杯，就像举起什么很重的东西一样，举到离开桌面一手宽的高度。

就在当夜，我们离开那里出发了。

（钱春绮　译）

在国立图书馆里

我坐着，读一位诗人。大厅里有许多人，但感觉不到他们。他们
在书本里。有时他们在书页之间动一动，仿佛睡着的人在两场梦之间
翻翻身。啊，到读书人中间来，多好啊。为什么他们不老是这样呢？
你可以走近他们中间的一个，轻轻挨他一下：他什么也觉不出。如果
你起身碰了一下邻人，道了一声歉，他会向听得见你的声音的一边点
点头，把脸向你转过来，却没看见你，他的头发就像一个熟睡者的头发。
多么令人开心啊。于是我坐下来，得到一位诗人。怎样的一种命运啊。
大厅里现在也许有三百个读书的人；但不可能他们每个人都得到一位
诗人（天晓得，他们得到了什么。）。没有三百位诗人。但是，看哪，
这是怎样的一种命运，我，也许是这些读书人中间最穷的一个，一个
外国人：我却得到一位诗人。虽然我穷。虽然我的服装，我每天穿的，
开始有某些地方，虽然这一处和另一处同我的鞋子不相配。诚然，我
的领子是干净的，我的内衣也干净，我可以像我现在这样走进任何一
家糕点铺去，如果可能，走在大路上，还可以无拘无束地向点心碟子
里伸手取点心吃。人们不会在这里发现什么碍眼的事，不会斥责我、
赶我走，因为这里至少有一只上流社会的手，每天洗过四五次的手。

是指甲后面什么也没有，写字的手指没有墨水，特别是关节无可挑剔。穷人一般是不会洗到那儿去的，这是众所周知的。这样，就可以从它们的干净得出某些结论了。人们也果真得出了结论。是在交易中得出的。但是，还有几个人，举例说，在圣米歇尔大街上，在拉辛街上，他们可不懵懂，他们在用关节吹口哨。他们盯着我，知道这么回事。他们知道，我是他们一伙的，我不过在耍点儿小花招。今天正是狂欢节。他们不愿毁掉我的这场乐趣；他们又是冷笑了几声，使了一下眼色。谁也没有瞅见。此外，他们把我当作一位绅士看待。附近一定还有人，他们才装得甚至很恭顺。装得仿佛我穿了一件皮衣，我身后跟着我的车子。有时我给他们两个苏，身子不禁发起抖来，他们本可以拒不接受；但他们还是收下了。这一切本可以显得很正常，如果他们当初不冷笑和使眼色的话。这些人到底是谁？他们想从我这里得到什么？他们在等待我吗？他们从哪一点看透了我？诚然，我的胡子显得有点儿疏忽，稍微，完全是稍微令人想起它们。有病的、衰老的、苍白的大胡子，曾经给我很深的印象。但我难道没有权利疏忽一下我的胡子吗？许多忙人都这样疏忽过，还没人想到因此把他们算作光棍。可我很明白，他们是光棍，不仅仅是乞丐；不，他们根本不是乞丐，必须区别开来。他们是由命运吐出来的人类的残渣、皮壳。他们被命运的唾液湿漉漉地粘在墙上、灯笼上、广告柱上，或者他们沿着小胡同慢慢流淌下来，身后留下一道又暗又脏的痕迹。不知从一个什么窟窿里爬出来这个老太婆，带着一个床头柜抽屉，有几枚纽扣和别针在里面滚来滚去，她到底想从我这里得到什么呢？她为什么老是跟在我身边，望着我？仿佛她试图用她的烂眼睛认出我来，那些眼睛血污的眼睑里似乎给一个病人吐进过绿痰。此外，当时还不知怎么走来那个灰色的小妇人，在我这边的橱窗前面站了一刻钟之久，这时她拿出一支又旧又长的铅笔给我看，那支铅笔是无限缓慢地从她污秽的捏紧的手里伸出来的。我装作在看陈列品，什么也没注意到。但她知道我看见了她，她知道我站着在想，她原来是干什么的。然后，我明白了，事情跟铅笔没有关系；我觉得，这是一个信号，一个给知情人的信号，一个认识光棍的信号；我预感到，她在向我暗示，我必须到什么地方去，或者做点儿什么。最古怪的是，我一直摆脱不了这个感觉：事实上是在坚持某种约定，这个信号就是属于它的，而这个场面归根到底正是我求之不得的东西。

这是两星期以前的事。而今几乎没有一天不发生这样一场遭遇。不仅是在黄昏，就是在下午最拥挤的街道上，也会发生这样的事，突然出现一个小男人或者一个老妇人，向我点点头，拿出一点儿什么给我瞧，然后又消失了，仿佛做完了一切必要的事情。很可能有一天他们会想到，笔直地走进我的小屋里来，他们肯定知道我住在哪儿，他们会安排得门房不致阻拦他们。但是，亲爱的朋友们，我现在在这里，不会受你们的干扰。要进得这个大厅来，必须有一张特别的卡片。我有这张卡片，可比你们要优越。可以想象，我有点儿胆怯地走过了街道，最后站在一道玻璃门前，仿佛是在家里一样推开了它，在下一道门前出示了我的卡片（十分准确，就像你们给我们看你们的东西一样，只有一点儿区别，人们理解我，懂得我想要什么），然后我沉入书本中，总算摆脱了你们，仿佛我已死去，坐着读一位诗人。

你们不知道诗人是什么吗？魏尔兰❶……微不足道？记不得了？记不得。你们没有从你们认识的人们中间认出他来？我知道，你们认不出的。但是，我读的是另一位诗人❷，一个不住在巴黎的诗人，完全另一个。一个在丛山中有一座安静房屋的诗人。她像一口钟在纯净的空气中叮当作响。一个幸福的诗人，谈着他的窗子，谈着他的书橱的玻璃门，那些门沉思地反映着一种可爱的寂寞的宽敞。我曾经想成为的正是这样的诗人；因为对少女懂得那么多，我也希望对她们懂得那么多。他懂得活在一百年以前的少女；她们死了，一点儿没关系，因为他知道一切。这是主要的一点。他道出她们的名字，用古式的、长字母的圈形花体签那纤细的名字，还有她们的年长女友的成人名字，其中同时响起一个小小的命运、一个小小的失望和死亡。也许在他的红木写字台的抽屉里，藏有她们褪色的书信和她们的日记散页，其中记有夏日郊游、生日聚会等。或者，还可能在他的卧室后部，在那座大肚子五斗柜里，有一个抽屉保存着她们的春装；复活节第一次穿过的白衣服，用斑点薄纱做的衣服，本来要到夏天才可以穿，当时等不及就先穿了。在一座继承下来的房屋的安静小室里，坐在真正恬谧的，固定的器物中间，外面是柔和的淡绿的花园，听得见乳音的山雀，远处山村钟声缭绕，是怎样一种幸福的命运啊。坐着，凝视下午一抹暖洋洋的日光，知道逝去少女的许多事情，并且成为一名诗人。并且想到，我也曾经

---

❶ 魏尔兰（1844—1896）：法国象征主义诗人。

❷ 指弗朗西斯·亚默（1868—1938）：法国后期象征主义诗人。他住在下比利牛斯省的奥尔特斯。他的诗好像从比利牛斯山的丛林之间吹来的一股清新空气，震动了巴黎文学界，给法国诗歌开辟了新的道路。

说不定是这样一位诗人，如果我曾经住在什么地方，世界上任何一个地方，许多谁也不关心的、与世隔绝的郊外别墅中的一栋里面。唯愿我曾经使用过仅仅一间房（靠山墙的明亮的一间）。我曾经和我的旧家什、家人肖像、书籍一起在里面住过。我还有一张靠背椅和花和狗和一根走石头路的粗手杖。此外什么也没有。只有一本书，用淡黄的象牙色皮革装订的，用旧式带花图案做衬页：我曾经在上面写过字。我写了很多，因为我有很多思想，关于很多人的记忆。

　　但是，天知道为什么，变成了另外一个样子。我的旧家具霉烂在一个我曾经可以安置它们的谷仓里，而我自己，唉，天哪，头顶上都没有屋顶，雨水滴进了我的眼睛。

（绿原　译）

塞纳河畔的旧书店

　　有时，我走过塞纳河畔的路边的小店门前。那些古董商，或者是小小的旧书店，或者是出售铜版画的商人，他们的橱窗里都摆得满满的。没有顾客走进他们的店里，显然是没有什么生意。可是，你往店里面一瞧，就看到他们坐在里面，坐在那里看书，毫不担心；不为明天担心，不为赚钱忧虑，养一只狗，高高兴兴地坐在面前，或者养一只猫，它擦着一排书籍走着，好像要把书背上的名字擦掉，使得店里的寂静更加深沉。

　　啊，如果我对这种生活感到满意，我有时情愿把这个摆得满满的橱窗买下来，跟一只狗一起坐在橱窗后面，坐上二十年。

被拆毁的房子·独居者的祈祷

能大声说："没出什么事。"这当然很好。再说一次："没出什么事。"
可是有什么用？

我的壁炉又在冒烟，我不得不跑出去，这确实并非什么不幸。我
觉得很累而且得了感冒，也没有什么要紧。我整天在街上跑来跑去，
这是我自己的过错。我本可以到卢浮宫美术馆去坐坐，也一样好。不，
不能去，那里有某些想去取暖的人。他们坐在丝绒长凳上，把他们的
双脚，像很大的空靴子一样，并排搁在取暖装置的格子上面。他们都
是非常谦虚的人，只要身穿黑制服，佩着许多勋章的管理人员不赶他们，
他们就感激不尽。可是，每当我走进去时，他们就咧开嘴痴笑。痴笑
而且微微点头。随后，当我在绘画前走来走去时，他们的眼睛就盯着我，
总在盯着我看，睁着那双烂眼边，稀溜溜的眼睛。因此，我还是不去
卢浮宫的好。我总是在路上兜来兜去。天知道我兜过多少城镇、市区、
墓地、桥梁和通道。在某处我看到一个男子，他推过来一辆卖菜的车子。
他叫喊着：Chou-fleur（花菜），Chou-fleur. fleur 含有一个奇特的忧
伤的 eu 音。他身旁走着一个不灵活的丑女人，她有时推他一下。当她
推他时，他就叫"花菜，花菜"。有时他也会自动地叫，可是，白叫一声，
他必须再叫一下，因为已走到买菜的人家门口。我是否已经说过他是
个瞎子？没说过？那么，说一说，他是个瞎子。他是瞎子，在叫卖。
可是，我这样说，并不是真话，我避而不谈他推的车子，我装作没注

意到他在叫卖花菜。可是，这有什么重要？即使很重要，问题不是在于整个事情对我有什么意义？我看到一个老人，他是瞎眼，在叫卖。这就是我所看到的。看到的。

　　我说有这样的房屋，人们会相信吗？不，人们会说，我在说假话。但是，这一次说的是真话，什么也没有省略掉，当然什么也没有增添进去。我从哪里弄到增添的资料？人们知道我是穷人。人们都知道。这能说是房子？严格地说，这已是不复存在的房子。而是已经从上到下被人拆光的房子。留在那里的，是隔壁的别的房子，隔壁的高房子。自从人们把旁边的一切都拆除以后，显然，它已处于倒塌的危险之中；长长的涂上沥青的像桅杆似的柱子构成的整套框架斜斜地撞在瓦砾场的地面和光秃秃的墙壁之间。我不知道我是否已经说过，我说的房子，指的是这座墙。可是，几乎可以说，这也不是这座现存房子的最初的墙（可能是一种假定），而是以前拆掉的房子留下的最后一堵墙。人们可以看到墙的里面。看到被拆掉的各层房间的墙，墙上还贴着糊墙纸，到处看到地板和天花板的痕迹。在各个房间的墙壁旁边，还有脏兮兮的白色的槽槽沿着整堵墙通下去，厕所的生锈的排粪管露在外面，穿过槽槽蜿蜒而下，令人有一种难言的厌恶感，像蛆子爬，像进行消化的肠子的蠕动。在天花板的边上，看到煤气通道留下的灰色的积尘的痕迹，这种痕迹到处出其不意地转个大弯，进入彩色墙壁，钻进乌黑的、被无情地扯开的洞眼里。不过，最令人难忘的，还是那些房间的墙壁本身。这些房间的坚韧的生命力没有被踏坏。它们的生命力还保留在那里，紧紧附在留下的钉子上，附在一手宽的地板的残根上，钻进那还保留有一些内间痕迹的墙角的附属物下面。从那一年一年慢慢改变的颜色中也可以看出：蓝色变成发霉的绿色，绿色变成灰色，黄色变成古旧的、褪色的白色，这种白色又在腐烂下去。可是，那种生命力还潜藏在那些在镜子、画框、橱柜后面保持着的较新的各个部分；因为它留下这些物件的轮廓，描出它们的轮廓，而且跟现在裸露出来的隐蔽场所的蜘蛛和灰尘待在一起。它也藏在每一根剥落的板条里，藏在糊墙纸边缘下面的潮湿的泡泡里，它在扯坏的破布中摇晃，从多年前留下的令人作呕的脏斑中渗出来。从那被拆毁的隔墙遗址包围着的墙上，贴过蓝色、绿色、黄色糊墙纸的墙上，散发出这种生命的气息，这种顽强的、惰性的、有霉味的气息，任何风也没有把它吹散。空气中弥漫着中午、疾病、人的呼气、蓄积多年的煤烟气、从腋下散发出而使衣服黏答答的汗气、嗳气的口臭、冒气的臭脚发出的戊醇味。还有小便的刺激气味，煤烟的火辣气，灰溜溜的土豆的气味，陈年脂油的浓烈的、滑腻的臭味。缺少照料的婴儿发出的长久不散的香味，入学儿童的恐惧不安的气味，成年男孩床上发出的闷热气味。还加上从下面像深谷一样的街道上蒸发出来的种种臭味以及跟城市上空降落的受污染的雨一齐渗下来的、来自上方的臭味。老是吹拂在同一条街上的微弱而温顺的风也刮来各种气味，还有许多不知来自何处的臭气。我不是说过所有的墙都被拆毁了，只留下最后一堵墙？现在我滔滔不绝所讲的，都是这最后一堵墙的情况。人们会认为，我在这堵墙前面已站了好久；可是，我愿发誓说，我一看清这堵墙，我就开始逃跑。因为，我看清楚它，是一件可怕的事。我看清了这里的一切，因此，它们立即进入我心中：它们在我心里落户了。

　　经过这一切之后，我有点儿疲倦，也可以说精疲力竭，因此，那个人一定还在等我，真使我受不了。他等在乳品小店里，我是想去吃两个荷包蛋的；我一整天没有机会吃东西，肚子很饿。可是现在我一点儿胃口也没有；蛋没有煎好，我就不得不又离开小店，跑到街上去，街上人山人海，向我挤来。因为是狂欢节，又是晚上，大家都有空闲，走来走去，摩肩接踵，拥挤不堪。他们的脸上映着从陈列商品的摊棚里射出来的灯光，从他们的口中迸发出笑声，就像从创口流出脓一样。我越是着急得要往前走，他们就笑得越厉害、挤得越紧。一个女人的围巾，不知怎么，紧紧钩住了我，她被我拖在身后，大家拦住我，哈哈大笑，我觉得，我也该笑，可是，我笑不出来。有人拿一把彩纸屑撒到我眼睛上，眼睛灼痛得像挨了一鞭子一样。在拐角上，人群都卡住了，大家夹在一起，无法移动，只能轻轻地、柔软地来回摆动，就像他们在站着交配一样。可是，尽管他们站着，在车行道边上，拥挤的人群中却有一条缝，我就沿着边上发疯似的跑去，实际上，他们在移动，我却觉得不能动弹。因为，虽然在走，仍像不在走一样，我抬头仰望，总是老样子，一边是些同样的房屋，另一边是些同样的陈列商品的摊棚。也许一切并没有动，只是我和人群有点儿眩晕，觉得一切都在旋转。我没有时间多想，大汗淋漓，迷迷糊糊的疼痛在全身循环，就像血里有一块巨大的东西跟着血液一起循环，它所能到达之处，血管膨胀起来。同时我觉得早已没有新鲜的空气，我只是把呼出的空气再吸进去，而肺却不肯接纳。

可是现在这些都过去了；我总算挺住了。我坐在我的房间里，坐在灯旁；有点儿冷，因为我不敢生炉子；如果它冒烟，我不是又得跑出去？我独坐沉思：如果我不穷，我可以租其他的房间，那里的家具，就不像这里这种用旧了的，满是从前承租人痕迹的家具。首先，把头靠在椅子上，确实是很不舒服；就是说，在它的绿色套子上有个油腻的灰色的凹处，好像任何人的头都正好放进这里一样。许久以来，我总是小心地拿手帕垫在头发下面，可是现在太累了，无法再这样做了。我发觉，不垫手帕也行，这个小小的凹处，正好跟我的枕部吻合，就像按尺寸大小定做的一样。可是，如果我不穷，我首先要买个好火炉，烧清洁的、耐燃的、从山上运来的木材，不烧这种令人难受的煤渣子，它的烟使人气闷头昏。此外，还需要有个人，不发出粗暴的噪音来打扫，按我希望的那样照料炉火；因为，每当我不得不花一刻钟时间跪在炉子前拨火时，由于跟火靠近，弄得额头上的皮肤绷绷紧，又由于张开的眼睛也受不了高热，把我一天的精力都耗尽了，随后，我走到别人中间看看，他们当然是轻松愉快的。如果我不穷，有时，路上十分拥挤，我会叫一辆马车，从人群旁边驶过去，我会每天到一家杜瓦尔餐馆吃饭……不再钻到乳品小店去……那个人去过杜瓦尔餐馆吗？不。他是不可能在那里等我的。快死的人是不允许进去的。快死的人？现在我坐在我的房间里；我可以尽力安安静静地想想我所碰到的一切。任何事情，把它含含糊糊地丢在一边，是不好的。因此，我走进乳品小店里去，首先看到的是我经常坐的位置被别人占了。我向小小的柜台上打了个招呼，叫了一份吃的东西，在邻近的桌子旁边坐下。可是，尽管他动也不动，我却感到他的存在。我感到的，正是他的不动，而且一下子理解了他那不动的意义。在我们之间建立起一种联系，我知道，他因惊吓而发愣。我知道，他对身体里所发生的变化感到的惊吓已使他全身麻木。也许他身体里的一根血管破裂了，也许他长期害怕的毒素正好在此刻进入他的心室，也许在他的脑子里长出一个很大的肿瘤，就像使他的世界起了变化的太阳升起来一样。我做出难以描摹的努力，迫使自己向他看去，因为我还希望这一切只是我的想象。可是就在那时，我从椅子上立起来，向外面冲了出去；因为我没有弄错。是他坐在那里，穿一件厚厚的冬大衣，他那灰色的紧张的脸深深地藏在一条羊毛围巾里。他的嘴闭着，好像受到很大的压力被迫关起来一样，可是不能说他的眼睛是否还在看：蒙着哈气的烟灰色眼镜片挡住它，而且有点儿颤动。他的鼻翼张得很大，在他那只剩下皮包骨的凹陷的两侧太阳穴处披下的长长的头发，像在酷热的房间里，显得枯萎发黄。他的耳朵又长又黄，在耳壳后面留下很大的一片阴影。确实，他知道，他现在不仅与世人远离，而且与世间的一切都隔开得很远了。再过一会儿，一切都将失去意义，这张桌子、这只茶杯、他抓住的这把椅子，所有日常的、近在身边的东西都要变得不可理解、不熟悉，非常沉重。他就这样坐在那里等待，等到结束，不再做任何抵抗。

可是我还要抵抗。我抵抗着，尽管我知道我的心已露了出来，哪怕我的迫害者现在已放过我，我也不能再活下去。我对自己说：没出什么事。可是我之所以能理解那个人，只是因为在我内部也发生了一些开始让我跟一切远离、跟一切隔开的事件。每当我听人谈到一个快要死的人，说他已经认不出任何人时，我总是那么害怕。那时，我就想象一张孤独的脸，从枕头上抬起来，想看看某种熟悉的事物，想看看曾经见过一次的东西，可是什么也没有。如果我的恐惧不这么厉害，我就可以聊以自慰地说：看到世界上的一切都起了变化而还想活下去，这并非是不可能的。可是，我害怕，我非常害怕这种变化。我觉得很美好的这个世界，我确实一点儿也住不惯了。到了一个跟现在大不相同的世界，我该怎么办？我倒想留在这个已令我感到喜爱的世界的种种意义中间，如果非变化不可，那么，我倒希望至少能够生活在群犬之间，狗也有个跟现在的人生相似的世界，现在的人生的一切事物无不具备。

在这一刻，我还能写下这一切，说出这一切。可是会有那样一天，我的手将不听使唤，我叫它这样写，它却写出不是我所想的话语，做出跟现在大不相同的解释的时代将会出现，话语跟话语的联系将不复存在，话语的意义将像浮云一样消散，像水一样流去。尽管非常害怕，到头来我却像一个面对着某种巨大变化的人。我记得，从前，在我开始动笔之前，心里常有类似的感觉。可是这一次，我是被写。我是随着环境不断变化的印象。只差一点点，我就能理解这一切、认可这一切。再走一步，我的深深的不幸就会变成幸福。可是，我不能踏出这一步，我跌倒了，再也不能爬起来，因为我已完全垮掉了。但我还总是相信，会有援手伸过来。这里是我每天晚上祈祷的话，是我亲笔写下的。是我从书本里面找到抄下来的。这样做，使我感到它们就在我近旁，像我自己的话一样，从我的手里产生出来。现在我要再写一遍，跪在这里的桌子前面写；这样做，要比我把它们读出来保持得更长久些，一句一句，将会持续着，需要相应的时间才会逐渐消逝。

　　对一切人不满，对自己也不满，在这黑夜的寂静与孤独之中，我真想为自己赎罪而稍许挽回一点儿面子。我曾爱过的人们的灵魂哪，我曾歌颂过的人们的灵魂哪，使我坚强起来吧，支持我吧，让世间一切腐败的臭气和谎言远远离开我吧；而您，我的天主！

请大发慈悲，让我写出一些美丽的诗句，以便向我自己证明，我并不是最差的人，我也并不低于我所瞧不起的人。[1]

这些人都是流氓的后代，都是无名氏之子孙，由本国驱逐境外的。但现今我竟成了他们的歌谣，做了他们的话柄。

……他们筑成一条使我丧亡的路……

……他们破坏了我的道路，使我跌仆，却没有人阻止他们。

……现今我的心神已颓废，忧患的日子不放松我。

夜间痛苦刺透我骨，我的脉络都不得安息，天主以大力抓住我的衣服，握紧我长衣的领口……

我内心烦恼不安，痛苦的日子常临于我……

我的琴瑟奏出哀调，我的箫笛发出哭声。[2]

在医院里

医生听不懂我的话。一句也听不懂。要讲清楚也是很难的。医生说要用电疗试试。好吧。我拿到一张卡：要在一点钟到达萨尔佩特里

---

[1] 这一段为法文，引自波德莱尔《巴黎的忧郁》第十篇《凌晨一点钟》最后一节。

[2] 这一段为德文，引自《圣经·旧约·约伯记》第三十章。本译文采自思高《圣经》学会的译本。

埃尔 ❶ 医院。我去了。我得走过各式的临时木板房子，走过好几个院子，走了好久，院子里到处是戴着白帽子的人，像刑事囚犯一样站在光秃秃的树下。最后我走进一间又长又暗、走廊似的房间，房间一边有四扇窗子，镶着带点儿绿色的毛玻璃，窗与窗之间，用宽大的黑色板壁隔开，一张张木板凳放在那里，那些认得我、等我的人就坐在凳子上。是的，他们全都在这里。我对这房间里的昏暗习惯了以后，我注意到，在这无止境的一长排并肩坐着的人们中间也会夹进一些其他的人，一些小市民：手艺人、女佣和运货马车夫等。在走廊尽头狭窄的那边，两张特别的椅子上坐着两个胖女人，伸开四肢聊天，大概是看门人。我看看钟，一点差五分。现在再过五分钟，或者十分钟，就轮到我了；这样等一等，还算可以忍受的。空气污浊而沉闷，弥漫着衣服和呼吸发出的气味。从某处门缝里飘来强烈的乙醚的凉气。我开始走来走去。不由得想到，我被指定到这里来，在这些人中，在这种拥挤的普通诊疗时间等着。这是第一次公开证明：我是被人看不起的人；医生会不会一眼看出来？可是，此番我来看病，已换上还过得去的衣裳，我也已叫人把我的名片先递进去。不管怎样，医生总有什么法子感觉到，也许是我自己暴露出来。但实际上已是如此。我觉得并不那么糟；那些人安静地坐着，并不注意我。有几个很疼痛，把一条腿稍稍摆动着，以便好受些。有些男人把头搁在手掌心里，另有一些人蒙住沉重的脸

---

❶　萨尔佩特里埃尔（salpêtrière）：法文原意为硝石制造所、硝石库。建于路易十三时代。后扩建为医院，收容老年妇女、精神病患者，也收容过乞丐、妓女。

睡得很熟。一个脖子又红又肿的胖男人向前弯着腰坐在那里，凝视着地板，不时对着一处好像很适合的地方啪的一声吐唾沫。一个小孩在角落里啜泣；他把两条瘦长的腿缩到凳子上，现在又用手紧紧抱住，紧靠着他的身体，好像他要跟它们告别似的。一位苍白的小个子妇女，斜戴着绉纱帽子，帽子上插着圆圆的黑花，她坐在那里，薄薄的嘴唇周围露出像要哭出来的微笑，可是她那擦伤的眼皮仍旧不断地含满泪水。距她不远处，有人把一个小女孩放在那里坐着，她有张圆圆的光滑的脸，眼睛突出而无表情；她的嘴张开着，可以看到满是黏液的泛白的牙肉和那些没有光泽的发育不良的牙齿。到处看到绷带。有的把整个头部都用绷带裹着，一层一层，只露出一只眼睛，也看不出这是谁的眼睛。有的绷带看不出绑在什么部位，有的绷带看得出里面是什么器官。有的绷带被解开，里面露出一只手，就像从肮脏的被子里露出的手，再也不像手的样子；从这一长排的人中伸出一条绑着绷带的腿，就像整个人一样大。我走来走去，努力定下心来，忙着注意观看对面的板壁。它有许多单扇的门。但板壁并没有高到天花板，所以这条走廊并没有跟旁边那些房间完全隔开。我看看钟；我已来回走了一小时。一会儿，医生们来了。开始有几个面无表情的年轻医生走了过去，后来是那位给我看病的医生，戴着浅色的手套，闪光丝织帽，穿着合身的大衣。当他看到我时，把帽子轻轻推上去，漫不经心地微笑着。我现在有望被立刻叫进去，可是，又一个小时过去了。我记不起我是怎样熬过的。总之，一小时过去了。走来一个老人，穿着斑驳的围裙，像是杂务工，用手轻轻碰我的肩膀。我走进邻近房间的一间。那个医生和年轻的医生们在桌子四周坐着，看看我，给了我一把椅子。行了。

现在要我叙述病情。请尽量简短。因为，这些先生很忙。我觉得很怪。年轻的医生们坐着，望着我，带着学来的那种摆架子的冷静的好奇心。我认识的那位医生抹抹他的黑色山羊胡子，漫不经心地微笑着。我想，我真要哭出来，可是我听到自己在用法语说："先生，我已荣幸地把我所能提供的详情说出来。如果您认为有让这几位先生知道的必要，您肯定能根据我们的谈话用三言两语向他们介绍；要我简单地加以说明是很难的。"这位医生露出客气的微笑站起身来，跟几个助手一同走向窗前，把手摆成水平位置摇晃着，说了几句话。过了三分钟，年轻助手中的一位，不专心的近视眼，回到桌子旁边，试图用严肃的目光望着我，问道："先生，您睡觉好吗？""不，不好。"他于是又很快跑回到那一组医生那里。他们在那边又商量了一会儿，然后，那位医生转过身来告诉我，等一会儿会有人来叫我的。我提醒他，是约好在一点钟的。他微笑着，用他那小小的白手做了几个急骤的动作，意思是说他很忙。我就退回到走廊里，那里的空气愈发沉闷了许多，尽管我觉得极度疲劳，我又开始走来走去。最后，这种潮湿的积聚不散的气味使我感到头晕；我停在入口处，把门稍许打开一点儿。我看到，外面还是下午时分，还有点儿阳光，这使我感到说不出的舒服。可是我还没站到一分钟，就听到有人叫我。有位妇女，坐在两步外的桌子旁，向我发出嘘声。谁叫我开门的？我说，这里的空气让人受不了。好吧，这是我的事，可是，门必须关好。那么，可不可以打开一扇窗子？不行，禁止开窗。我决定重新开始走来走去，因为，这毕竟也是一种麻醉，不伤害任何人。可是，这也使坐在桌子旁边的那个妇女不高兴。难道没有座位吗？不，没有我的座位。可是，不可以走来走去；我必须找个座位。一定还有个座位。那位妇女没说错。在那个眼睛突出的小姑娘旁边，确实，立刻看到有个座位空着。我在那里坐下，感到这种情况绝对预兆着些可怕的事情。左边就是那个烂牙肉的女孩；右边呢，过了一会儿以后，我才看出，那是一个巨大的动也不动的肉团，它有一张脸，一只又大又沉重的不动的手。我看到的那半边脸，空荡荡的，没有表情，没有回想，令人感到可怕的是，他身上的衣服，就像人们给装进棺材的尸体穿上的衣服。一根窄窄的黑色领带，也像给死人打的一样，松松地系在衣领周围。他的上衣，看得出是由别人将它穿在这个没有意志的身体上的。他的手，是由别人把它放在这条裤子上的，还留在老地方没有移动过。甚至头发也像由洗尸女人给梳过一样，就像动物标本的毛，一根根梳理得很呆板。我仔细观察这一切，不由得感到，这是给我指定好的地方，因为我相信，现在终于来到我一生的归宿之处。确实，命运走的是条奇怪的道路。

突然，就在近旁，一个孩子发出受到惊吓并抗拒的叫声，接连不断，随后，叫声变成硬咽住的轻轻的哭泣。我尽力发现哭声的来处，又听到压低了的轻轻的叫声，带有一点儿颤抖。我听到有人质问，有人低低地命令，随后，不知什么样一台冷淡的机器发出吱吱的响声，它对什么都不介意。现在，我想起了那没有顶到天花板的板壁，我弄清楚，这一切声音都是从门背后那边传来的，那里正在进行治疗。实际上，那个系着有脏斑的围裙的勤杂工不时走出来向人招手。我不再想到他会叫我。是叫我吗？不是。两个人推着一辆轮椅过来了；他们把我旁边的那个肉团抬到轮椅上，现在我看到，他是个半身不遂的老人，他还有另一侧较小的、饱受生活折磨的脸，脸上有一只睁开的黯淡无神的、忧伤的眼睛。他们把他推进去，我身旁空出一大片位置。我坐着沉思。他们要怎样治疗我左边的这个痴呆的女孩，她是否也会喊叫。板壁那边的机器发出吱吱的、令人愉快的响声，像工厂里的机器一样，丝毫没有使人不安的声音。

可是，突然间一切都沉寂下来，在沉寂之中有人说话，那种高傲自满的调子是我曾听到过的：

"Riez!"（笑一笑！）停了一下。"Riez. Mais riez, reiz.●"我不禁笑出来。板壁那边的老人为什么不愿笑，真弄不懂。一台机器咔咔哒哒响起来，可是立刻又停止了。听到交谈的声音，随后又听到同样的有力的声音在发出命令："Dites-nous le mot: avant."（说这个字：前面。）一个字母一个字母拼着说："a-v-a-n-t……"又沉默了一下。"On néntent rien. Encore une fois ……"（一点儿听不出。再来一遍……）

就在我听到隔壁结结巴巴地说出那种温暧的含糊的话语时，好多年以前感到过的那种恐怖第一次再度出现了。我童年时发烧躺在床上，引起我最初的深深的恐怖的那个庞然大物。是的，就是当他们大家都站在我的床边，按按我的脉，问我害怕什么时，我总是说的：庞然大物。他们把医生请来，医生来跟我谈话，我求他只做一件事，就是把那个庞然大物除掉，其余一切都无所谓。可是他也跟其他人一样。他无法把它弄走，尽管我那时年纪很小，要帮我并无困难。现在这个庞然大物又出现了。在那次以后，它简直没有出现过，即使在发烧的夜间，也没有再来，可是现在它出现了，尽管我并不发烧。现在它出现了。

● 原书如此，纵观上下文，理应是重复的词。——编者注。

现在它从我身体里长出来，像一个肿瘤，像生出第二个头，成为我身体的一部分，尽管它完全不能属于我，因为它是如此之大。它出现了，像一只死掉的大动物，它活着时，曾一度成为我的手，或者我的手臂。我的血，流过我体内，也流过它的体内，就像在同一个身体里面循环一样。我的心脏，为了把血送进它体内，必须使劲用力：供血几乎不足。血液不情愿流进它的体内，在血液回流出来时，已经传染上疾病，不干净了。可是这个庞然大物却越来越大，像个发烫的青色的肿块一样长到我的脸上，长到我的嘴边，它的轮廓已经扩张到我那只仅存的眼睛上了。

　　我是怎样穿过那许多院子走出来的，我已记不得了。那是在晚上，我在一个不熟悉的地区迷路了，我向着同一个方向走上一条林荫大道，路旁有无尽无休的墙，当我发现走不完时，我就回头朝相反的方向走，一直走到一处广场。我从那里沿着一条街走，又走上另一条我没见过的街，接着又是另一条。不时有灯光刺眼的电车，响着敲打似的生硬的铃声，发狂般驶来，又开了过去。它的牌子上写有站名，可是我不熟悉。我到了哪一个市区，我能否在这里的某处找到住处，该怎么办才不须再走路，我不知道。

怪病

　　现在还有这个病，一向使我感到奇怪的病。我肯定，他们把我的病估计得太低了。正像他们把其他病的重要性过分夸张一样。这个病没有一定的症状，患这种病的人有什么特性，就呈现出什么症状。它把每个病人生活中好像已经过去的，最深层部分的危险，以梦游病患者的熟练经验，吸取出来，再放到他的面前，就在现在重新出现。就像那些人，在学生时代一度染上无法可想的坏习惯，把可怜的严格的手，自己的童年的手，变成欺骗的知心朋友，现在长大了，又沾染上那种坏习惯；或者像在童年时已经治好的病又再度复发；或者像那种多年以前特有的，迟疑不决地转过头去的旧习惯，早已丢掉了，却又重新出现。随之而来的，就是一些杂乱无章的回忆都浮现出来，就像潮湿的海藻附在沉到海底的东西上面一样。从未觉察到的生活，一浮上来，跟实际存在的生活混杂在一起，就把人们认为熟悉的过去的生活挤掉：因为，浮上来的回忆之中，充满了得到好好休息的新的力量，而一向留在记忆中的生活，由于经常不断的回忆，已经被磨得很累了。

（钱春绮　译）

恐惧

我躺在六层楼的床上，从没给什么打断的日子，像没有指针的钟面。仿佛一件失去很久的东西，一天早上搁在它的旧位置上，完好无损，简直比它消失那会儿还要新，就像在某人手里照管过一样：从童年就失去了的东西，就这样崭新似的摆在我的床单上。所有失去了的恐惧又回来了。

恐惧一根小棉线从床单缝里伸出来，会变硬，又硬又尖像钢针；恐惧我的睡衣的一枚小纽扣会变大，比我的脑袋还大，又大又重；恐惧这点儿面包屑，刚从我的床上掉下去，会变成玻璃，一落地就给打碎，而且越来越担心，一切东西会跟着粉碎，永远粉碎；恐惧一封拆开的信的信口会是谁都不敢瞧的什么禁物，某种贵得不得了的东西，房间里没有一块地方对它是安全的；恐惧我睡着了，会吞下一块摆在炉前的煤炭；恐惧我脑子里任何一个数字开始长大，直到我体内再也容纳不下它；恐惧我躺在上面的是花岗石，灰色的花岗石；恐惧我会大叫起来，人们会一齐跑到我的门口，最后把门砸开。恐惧我会暴露自己，说出我所害怕的一切，恐惧我什么也说不出来，因为一切是不可言说的——还有别的一些恐惧……恐惧。

我曾经祈祷恢复我的童年，它回来了。我觉得它总像当初一样艰难，觉得上了岁数也无济于事。

（绿原　译）

有跳跃毛病的畸人

昨天，我的热度好一点儿了。今天，天气开始像春天一样，就像画中的春天。我要试试到国立图书馆去读读我很久没读的诗人的作品，然后，我也许会去公园慢慢溜达。在那泛着真正的水的大池上也许有风吹过，孩子们会去把他们的红帆小船放在水上观赏着。

今天，我并不存什么指望，我大胆走出去，仿佛这是最自然、最简单的事。可是，仍有些意外的事等着我，把我像纸一样揉皱，然后扔出去，一些闻所未闻的事等着我。

圣米歇尔林荫路很空旷，也很宽，在它那微微倾斜的坡面上可以轻松地散步。上面的窗子发出玻璃嘭嘭的响声打开了，它的反光像一只白色的鸟儿在路上飞翔。一辆有着淡红色车轮的马车驶了过去。下方的远处，有人拿着什么淡绿色的东西。装备着闪闪发光的马具的马匹在黑黑的、撒过水的、干净的车道上奔驰。风显得生气勃勃，又新鲜，又温和，各种香气、叫声、钟声，都冒了出来。

我走过一家咖啡店，一到晚上，就有穿红衣服的冒充吉卜赛人的人在里面弹奏乐器。彻夜不眠的污浊空气从打开的窗子感到内疚地钻了出来。头发梳得光溜溜的服务员们在门外扫地。其中一个弯腰站着，把黄沙一把一把地撒到桌子下面去。有个过路人碰了他一下，指给他看道路的下方。面孔通红的服务员，向那边仔细望了一会儿，然后，他那胡子刮得光光的面颊上布满了微笑，就像撒上去的一样。他向其他服务员招招手，把他的笑脸向左右急速地转动了几次，要把所有的服务员都叫来，而他自己也不错过观赏一下的机会。现在，所有的服务员都站出来向道路下方观看或者探索，微笑着，或者由于还没发现什么可笑的事而觉得恼火。

我觉得，开始有点儿恐惧起来。不知是什么心理迫使我要走到马路对面去；可是，我只是加快脚步，不自觉地观察走在我前面的几个人，在他们身上看不出什么特别之处。可是我看到一个做听差的小伙子，系着一条围裙，肩上掮着一只空的提篮，对一个人的后影盯着看。他看够了以后，就在原处转过身来面对着咖啡馆那一排房子，向一个笑着的店员，把手放在额前做出摇晃的动作，这是大家都熟悉的手势。然后，睁着闪闪发亮的黑眼睛，很称心地摇晃着身体朝我这边走来。

一待我的视线没有了阻挡，我就指望会看到哪位不寻常的引人注意的人物，可是并无什么人走动，只有一个瘦长的男子，他穿着深色的大衣，淡黄色的短头发上面戴着一顶黑色呢帽。我确信，此人无论是服装还是举动，都没有什么可笑之处。我试图把视线从他身上移开，向林荫路那一头的下方看去，这时，他在什么东西上面绊了一下。我于是紧随在他的身后，非常留心，可是，走到那地方一看，什么也没有，完全没有。我们两人继续前行，他和我，我们之间总保持同样的距离。现在走到一处人行横道，这时，走在我前面的那个男人，两只脚不一致地从人行道阶沿上跳下去，那样子就像孩子们在高兴时走起路来一蹦一跳一样。到了对面的人行道时，他简单地跨了一大步就登上阶沿。可是，刚刚到了阶沿上面，他就把一只脚稍许缩上去，用另一只脚高高地跳了一次，然后又接连跳了好几次。现在，他这种突然的动作，如果人们以为路上有个果核或滑溜溜的果皮之类的小东西，那就完全可以当他是绊了一下；奇怪的是，这个男人自己似乎也认为有个障碍存在，因为他在每次跳跃时，都对这个讨厌的地方看来看去，像任何人在这一瞬间那样露出一半气恼、一半咒骂的眼光。我又预感到有什么危险，似乎警告我，还是走到对面的人行道上去为好，可是，我没有听从，继续跟在此人身后，把我的注意力全部集中在他的腿上。走了约莫二十步之久，没看到他再跳，我必须承认，我奇妙地松了口气，可是，我一抬起眼睛，却又看到他碰到别的不愉快。他的大衣领子翘起来了，尽管他时而用一只手，时而用两只手，不停地拼命要把它翻下去，但都不成功。事情就是如此。并没有使我感到不安。可是，我立即无限惊奇地发现，此人忙碌的双手正做着两种截然不同的动作：一只手做的是细致而持续不断的动作，好像把字母一个一个拆开读那样走向极端，要把领子翻下去，而另一只手却偷偷做着快速的动作，要把领子不被觉察地翻上来。这样，观察到的现象使我大为困惑，过了两分钟，我才看出，在他的脖子上，在竖起的大衣领子和神经质地活动着的双手之后，也有同样怕人的两个音节似的跳动，正如刚刚离开他的双脚的那种跳跃动作一样。从这一刻起，我觉得和他离不开了。我明白，这种跳跃在他的体内到处乱钻，要在什么地方找个出口。我也懂得他为何怕见人，我自己也细心考察，看过往行人是否有所察觉。当他的腿突然做出小小的震颤的跳跃时，我不寒而栗。可是没有任何人看到。我想出个主意，如果有人注意看，我也要装出被绊了一下的样子。这肯定是一种办法，让好奇的人们相信在路上确实有个小小的不显眼的障碍物，被我们两人偶然踩着了。可是当我想到这个补救办法时，他自己已想出一个巧妙的新花招。我忘记说明他带着一根手杖；这是用深色木头做的普通手杖，手杖柄弯曲成圆形，非常质朴。他苦苦动脑筋想出一个办法，先用一只手（因为谁知道另一只手还要派什么用场）把这根手杖抵在背后，正好贴在脊柱上面，把手杖的末端紧压住骶骨，再把弯曲的手杖柄插进领子里，这样就像是紧贴着颈椎和第一胸椎后面的支撑物。这种姿势并不引人注目，顶多显得有点儿目空一切；可能是由于意想不到的春天天气。谁也不想转过身来看一下。行了。诸事顺利。当然，到了下一条人行横道，又出现两次跳跃，两次半被控制住的小跳跃，完全无关紧要；其中一次确是明显的跳跃，却被巧妙地蒙混过去（正好路上横放着一根喷水软管），无须怕人看见。是的，一切都很顺利。有时第二只手也抓住手杖，把它贴得很紧，危险也就立即被克服了。可是我的担心依然不断增长，我对此毫无办法。我知道，在他一面行走，一面做出无限的努力，想装出若无其事和漫不经心的样子的时候，那可怕的痉挛却在他的体内积聚不散；他觉得痉挛在不断增长的这种担心，我内心也有同感，我看到，当痉挛开始在他身体内部颤动时，他是怎样抓住手杖不放。随后，他这双手显得如此强硬而严酷，使我不由得把一切希望都寄托在必须很坚强的他的意志上面。可是，在这种场合，意志又有何用。他的意志的力量用到头的瞬间总会到来，而且不会远了。我，怀着一颗剧烈跳动的心跟在他后面的我，把我的一点点力量像小钱一样凑在一起，我一面望着他的手，一面恳求他，如果他需要，尽可以把我的力量取去使用。

我认为，他已经取去了；我没有更多的意志，我又有什么办法。

在圣米歇尔广场上有许多马车和匆匆来往的人，我们常常夹在两辆马车之间。随后，他透透气，稍稍放松放松，似乎要好好休息一下。他微微跳着脚，微微点点头。也许这就是囚禁在体内的疾病用来压倒他的诡计吧，他的意志在脚和头颈两处被攻破了。这种屈服在他那被痉挛附着的肌肉里留下轻微的、诱惑的刺激和强制的二拍子冲动。可是，手杖还贴紧在老地方，那双手显出又气又恼的样子；我们就这样过桥，平安无事。平安无事。忽然，他的脚步有点儿不稳，他走了两步，停下来。停下来。左手轻轻地离开手杖，慢慢地往上举，我看到这只手在空中发抖；他把帽子稍稍向后推，在额头上抹了一下。他把头稍稍转向，他的目光晃晃悠悠地扫过天空、房屋和水面，有点儿发呆，随后，他听之任之了。手杖丢开了，他伸开双臂，好像要飞起来一样，痉挛像自然力一样从他体内爆发出来，迫使他的身体向前弯、向后仰，迫使他点头哈腰，把舞蹈冲动力从他的体内赶出来，使它当众爆发。

因为已有许多人向他围拢过来，我再也看不见他了。

再往什么地方去，还有什么意义？我觉得空空荡荡，像一张空白的纸，我沿着那些房屋，仍旧向林荫路的上方走去。

一封信的草稿

我想给你写信，尽管在无可奈何地分手以后，本来没有什么好写。可是我还是想写，我认为，我必须写，因为我已看过先贤祠❶里的圣女画像，那位孤独的圣女，还有屋顶，门，拥有一圈微小的照明范围的室内的灯，以及那边的沉睡的城市、河流、映着月光的远方。圣女❷守护着沉睡的城市。我哭了。我哭了，因为，一切都出乎意料地呈现在眼前。我站在画像前哭泣，我没有办法不哭。

我来到巴黎，听到这个消息的人都很高兴，大多数人都羡慕我。他们是对的。这是一个大城市，很大，充满不可思议的诱惑。至于我，

---

❶ 先贤祠在圣女·日纳维埃夫山顶。1764 年至 1790 年由苏夫洛设计建筑纪念圣女·日纳维埃夫的教堂。1791 年作为安置名人骨灰的祠堂，如米拉波、伏尔泰、卢梭、雨果、左拉等。1874 年起，增绘取材于法国历史的壁画，如圣女·日纳维埃夫（由皮维·德·夏凡纳画的圣女组画：圣女的童年、圣女的祈祷、圣女在分发食物、圣女守护沉睡的巴黎）。

❷ 圣女·日纳维埃夫（420—512）：巴黎的主保（守护圣女）。传说451 年阿提拉侵法时她曾经预言巴黎不会受惊扰，使市民得以渡过难关。在一次饥荒中，她在塞纳河上，驶过许多城市，带回十二船谷物，使巴黎人在被法兰克人围困时免于饿死。她的瞻礼日为 1 月 3 日。

我应当承认，说到这种诱惑的意义，我是经受不住了。我认为，没有别的话好说。我经不起这种诱惑，结果是引起种种改变，如果不是对我的性格，那就是对我的世界观，无论如何，我的生活确是起了变化。在这种影响之下，我心中形成了对一切事物的完全不同的观点，迄今为止，任何想法也还没有产生出这样把我跟世人分隔开的差异。一个改变了的世界。充满了新的意义的新的生活。目前我有点儿难以接受，因为一切都显得太新了。在我自己的境遇中，我是一个生手。

是否不可能来看一次大海？

是的，可是，请想一想，我是想象你能来。也许你能告诉我，是否有一位医生？我忘记打听了。再者，现在也没有必要了。

你还记得波德莱尔那首令人难以置信的诗《腐尸》❶吗？可能现在我理解了。除了最后一节，他都是对的。碰到这种事，他该怎么办？碰到这种可怕的，看上去就觉得讨厌的东西，要看出人生的真相，把它当作比任何现实都更真实的现实，这乃是他的使命。没有选择和否定。福楼拜写了他的修士圣于连 ❷，你认为纯属偶然吗？我认为，一个人是否下得了决心睡在麻风病人的身边，每夜以温暖的爱心来给他温暖，这乃是重要的一步，这不会带来不好的结果。

不要认为我在巴黎陷于失望，正好相反。即使现实是这么的讨厌，可是为了现实，我是怎样准备好放弃我所盼望的一切啊，对此我常感到惊异。

---

❶ 波德莱尔《恶之花》集中《忧郁与理想》第三十首。
❷ 福楼拜短篇小说集《三故事》中的《修士圣于连的传说》。

啊，这种心情，如果能分一点儿给你就好了。可是，它能持续下去吗，它能持续下去吗？不，这种心情只是靠牺牲孤独换来的。

恐怖

在空气的每个组成部分都有恐怖的东西存在。你把它跟透明的空气一起吸进去；可是它到了你的体内就沉淀下来，变硬，在器官与器官之间呈现出尖的几何图形；因为，在刑场、刑讯室、疯人院、手术室和晚秋的桥拱下所感受到的一切痛苦和恐怖，都具有坚韧的不可磨灭的性质，全都坚定不移，留恋自己的可怕的现实，嫉妒一切实际存在的事物。人们是愿意能把好多恐怖忘掉的；恐怖在我们的脑子里刻下一条条纹路，我们的睡眠要把这些纹路轻轻擦掉，可是，梦却把睡眠赶开，再把恐怖的纹路描粗。人们醒来气喘吁吁，让一支蜡烛的光在黑暗中像溶解一样扩散开来，像喝糖水一样享受这半明半晦的安慰之光。可是，这是靠在什么边角上的安定啊。只要稍稍转一下目光，它就已经又离开熟悉的、亲切的光亮，刚才还使人获得安慰的一圈烛光，围在它周边的恐怖的轮廓变得明显起来。你要当心烛光，它会把房间照得空空荡荡；你不要回过头看，在你坐起来的身后，是否有个影子像主人一样站在那里。较好的办法也许是，继续处于黑暗之中，努力把你的无边无际的心变成沉浸在难以识别的黑暗中的沉重的心。这时，你把身体缩紧，感到在你蒙住脸的双手之中，你的存在已在你面前消失，时时用不准确的动作描摹你的面部轮廓。在你的体内已经几乎没有空位；这也差不多使你能够放心，庞然大物不可能停留在你体内这种狭窄的地方；如果这种闻所未闻的恐怖一定要进入你的体内，就必须按照比例缩小它自己。可是在你的体外，在外面就不用考虑；如果恐怖在体外上涨，它也充塞在你的体内，它不充塞在部分受你控制的血管里面，也不充塞在你那些平静的器官的黏液里面，而是在你的毛细血管中增长，像用吸管往上吸一样，吸到你那无数分支的生命的最外表的分支里面。恐怖在毛细血管里上涨，比你上涨得还厉害，比你当作最后逋逃薮逃进去的你的呼吸涨得还要高。唉，你还要往哪里逃，往哪里逃？你的跳动的心把你从你自身之中赶出去，你的心在你的后面追赶你，你差不多已经置身于自身之外，再也回不去了。就像被踩烂的甲虫，你从你自身里面被挤出来，你表面的那一点点坚硬和适应力起不了作用。

阻拦住恐怖的母亲

哦，看不到任何对象的黑夜，哦，对外面的黑暗无动于衷的窗子，哦，小心关好的门；祖传的，被接受下来，得到认证，却从未完全了解其意义的设备。哦，楼梯间的寂静，哦，从隔壁房间渗透进来的寂静，天花板高处的寂静。哦，母亲：从前，在我童年时，你是为我把这一切寂静挡开的唯一的人。你把这一切寂静承受过去，对我说：不要怕，是我。你有胆量在这种深夜为心惊胆战、怕得要死的孩子自充这种寂静。你点亮了灯，这声音就已经听得出是你。你手拿着灯，对我说：是我，不要怕。你慢慢地把灯放在桌子上，毫无疑问：你就是，你就是亮光，照着四周那些没有背后的含义，善良、单纯、直率的，一向看惯了的亲切的物品的亮光。如果墙壁有什么地方发出令人不安的响声，或者地板上传来脚步声，你就只是微笑，对着那张若有所问的，担心害怕的脸，在你的明亮的面孔上泛起微笑，微笑有一种透明度，似乎可以看出：你跟那些轻微的声音是一体的，跟它们有秘密联络，跟它们约好而且互相谅解。在人世间的统治阶级中，谁有这种权力，能跟你的权力相比？瞧，那些国王们躺在床上，呆呆凝视，讲上一千零一夜的故事，也不能为他们分忧解愁。他们躺在宠姬的幸福的怀里，恐怖照样向他们爬过来，使他们扫兴、发抖。可是，你一来，就把恐怖的庞然大物阻拦在你的身后，你完全站在恐怖的前面；不像一幅帷幕，帷幕是随时会被恐怖揭开的。不，你是在听到需要你帮助的叫声时就赶到恐怖的前头把它拦住的。就像你总是在可能发生的一切事件之前抢先赶来，而在你的身后只有你匆匆赶来的足迹，你的永远的道路，你的爱的飞翔。

贝多芬[1]的音乐

我每天走过模塑工人的门前。他的店门旁边挂出两副面模。一副是溺死的年轻女人的脸，是根据陈尸所的一具女尸的脸模制的，因为它很美，因为它笑，因为它笑得这样迷人，就像它有知一样。在这副面模下面挂着另一人充满意识的脸。这个由收紧在一起的感觉所形成的紧硬的结节。把不断地想要蒸发的音乐毫不留情地压缩起来的人的

---

❶　贝多芬（1770—1827）：德国作曲家。他从 1798 年起听觉渐衰，1820 年后两耳失聪。

脸。神为了让他只感到自己的心声，不让尘嚣干扰他而剥夺掉他的听觉的人的容颜。这样就使他不受混浊而无常的尘嚣的迷惑。他，他内心只容纳澄明的永恒的乐音；这样就只让没有声音的感觉给他带来一个世界，一个无声的世界，一个紧张的、跷足而待的世界，音乐尚未被创造出来的未完成的世界。

世界的完成者：就像那化为雨点落到大地和江河湖海的水滴，漫不经心地落下来，偶然地落下来——比以前更茫茫不可见而又乐于顺从永远的规律，再离开大地和水面，上升，飘浮，形成云天：沉淀在我们体内的苦恼，就是这样从你那里上升，世界弥漫着音乐。

你的音乐：它应当环抱世界；不是环抱住我们。但愿人们在埃及古都底比斯❶为你的音乐造一架槌击钢琴；让一位天使领着你，穿越过国王们、舞伎们、隐修士们长眠的沙漠中的群山，前往那架孤零零的乐器之前。而那位天使，害怕你开始弹奏，就会振翅高飞，离你而去。

于是，你这音乐的涌泉，你就在无人倾听之处，滔滔不绝地弹出琴声；只有宇宙才能听得进的，你就把它交还给宇宙。那些贝督因人❷，因为迷信的恐惧心理，就会被赶得远远跑开；而那些商队，将在你的音乐所能传到的范围的边上仆倒在地，好像你就是一阵风暴。只有个别的狮子，在黑夜中，在离你很远的四周兜来兜去，受到自己的

---

❶ 底比斯为古埃及中王国和新王国时期的都城，遗址即今埃及卢克索尔和卡纳克一带。公元前88年被毁。荷马诗中称为"一百个城门的底比斯"。城址跨尼罗河中游两岸，左岸有大墓地和神庙废墟。

❷ 贝督因人：指在阿拉伯半岛和北非沙漠地区游牧的阿拉伯人。贝督因为阿拉伯语，意为"住帐幕的游牧民"。

沸腾的血的威胁，对自身的存在感到害怕。

因为，现在是何人把你的音乐从那些淫荡的耳朵那里接回来？那些具有只会通奸而决不受胎的，没有孕育能力的耳朵的拜金之徒，是何人把他们从音乐厅赶出的？你的精液射出来，他们却像妓女一样，躺在下面玩弄精液，或者，在他们沉醉于未遂的自我满足时，精液就像俄南❶的精液一样，白白地落在他们中间。

可是，主啊，如果有个像处女一样未失童贞的人，竖起未被玷污的耳朵，躺在你的乐声旁边：让他感到无比幸福地死去，或者让他把你的无限的音乐胎儿怀足月，他的受胎的脑子一定会爆开，迎接真正的诞生。

（钱春绮　译）

饲鸟人

我并不低估它。我知道，它需要勇气。我们且设想一下，某人有了它，这份高级勇气❷，去跟踪他们，好一劳永逸地（因为谁还会再忘记或者混淆这件事？）知道，他们后来爬到哪儿去，漫长一天的别的时间都干些什么，或者晚上睡不睡。特别要搞清楚：他们到底睡不睡。但是，单靠勇气还不行。因为他们并不像别人那样走来走去，跟着走无所谓。

---

❶　俄南是犹大的次子。他哥哥珥死后，犹大叫他跟嫂子同房，为哥哥立后。俄南知道生子不归自己，就在跟嫂子同房时，将精液遗泄于地。

❷　原文为法文。

他们待在那儿又走开去，就像锡兵❶一样给放下又拿起。人们发现他们，往往是在相当偏僻的地方，但绝不是隐蔽的地方。灌木林往后退去，道路有点儿围着草地转：他们站在那儿，周围是大片透明空间，仿佛站在一座玻璃罩子下面。你会把他们当作沉思的散步者，这些身材矮小、各方面都显得朴素的、不起眼的人。但是，你错了。你可瞧见那只左手，瞧见它怎样从那件旧外套的斜口袋里掏东西，瞧见它怎样找到它，掏了出来，并把那个小东西笨拙而又招眼地举到空中去？一分钟不到，就飞来了两三只鸟，是麻雀，好奇地跳了过来。如果麻雀看准了他站在那儿一动不动，那么它们就没有理由不走得更近些。于是，终于飞起了第一只，在那只手的高处扑棱了一会儿，那只手正用谦逊的、有意装着无所谓的手指（天知道怎样），递出了一小片用过多少次的甜面包。聚在他周围的人越多，当然保持适当的距离，他便越是显得与众不同。他站在那儿，就像一根蜡烛烧完了，用剩下的烛心亮着，全靠它暖和起来，自己却一动也不动。那许多小笨鸟根本看不出，他这是在引诱，在布下圈套。如果没有旁观者，让他在那儿要站多久就站多久，我敢肯定，突然间会有一位天使降临，忍住恶心，把那块有点儿甜味的陈面包片从那只枯手上吃掉。现在，像一向那样，有了人，就不会有天使降临。他们只关心鸟会来；他们认为这样就够了，还声称他并不指望别的什么。它还指望什么呢，这个风吹雨淋的老玩偶，有点儿倾斜地插在地上，就像家里小花园的破浪神雕像❷；它之所以有这个姿态，

---

❶　儿童玩具。

❷　破浪神雕像系置于船头的彩漆雕像，丹麦水手们有时也把它立在自己的花园里。本书的主人公是一位丹麦作家，故云"家里小花园"。

是不是因为它曾经站在人生旅途的什么地方，那摇晃得最厉害的船头上？是不是它曾经色彩斑斓，而今给冲洗得褪色了？你想问问它吗？

只是别向女士们问什么，当你看见她们中的一位也在喂。甚至可以跟着她们走；她们是边走边喂；那样喂轻而易举。可别打扰她们。她们不知道，这是怎么搞的。她们突然有了一满口袋面包，她们从薄披肩里掏出一大片一大片来，给啃过一口的，还有点儿潮的大片。她们的唾液多少流出一点儿到世上，鸟儿带着它的余味到处飞，一想到这一点，她们就很惬意，即使它们马上又会自然而然把她忘记。

易卜生

我就坐在你的书前，倔强的人，试图像别人一样说说我对它们的看法，那些人不让你保持完整，却心满意足地从你各取所需。因为我还不懂得荣誉，不懂得这是对于一个成长者的公开的摧毁，也就是一群人冲进了他的建筑工地，把他的基石给挪开了。

任何地方的年轻人，身上升起了一点儿使他战栗的东西，都会由于没人认识你而受用。如果那些认为你一文不值的人反对你，如果那些你相处过的人完全抛弃了你，如果他们为了你的美妙的思想而要扑灭你，那么把你封闭在你自己身上的这种明显的危险，同后来为你到处扬名、使你变得无害的那种荣誉的狡猾敌意相比，可算不了什么。

别求任何人来谈论你，即使采用轻蔑的口吻也罢。如果随着时光的流逝，你注意到你的名字在人们中间流传，可别比在他们嘴里听见别的什么更当真。想想看：它变质了。扔掉它吧。再起一个，随便一个都可以，好让神在夜间呼唤你。可别让任何人知道。

你，最孤独的人，怪僻的人，他们是怎样靠你的荣誉一下子赶上了你。不久以前他们还在从根本上反对你，而今他们和你并肩走在一起，把你当作像他们一样的人。他们还把你的话放在狂妄自大的囚笼里，带在自己身边，还在广场上展览它们，从一个安全地带逗弄一下它们。你所有的这些可怕的猛兽啊。

我最初读你的时候，那些话语突然迸发开来，扑向了我，使我感到荒凉，那些绝望的话语。像你自己终于变得绝望一样，你，你的路线在每张地图上都画错了。像一道裂缝，它划过了天空，你的道路的那条无望的双曲线，它一度弯向了我们，又惊慌失措地离去了。你哪里会介意一个女人留下来还是走开了，一个是不是头晕，一个是不是疯狂，死人是不是活着，活人是不是像死了一样：你哪里会介意这些事？这一切你会觉得理所当然；你从那儿走过去，像走过门厅，停也不停一下。但是，在我们的往事沸腾、凝结、变色的地方，你却逗留不去，还向里面弯下了腰。比在曾经有过人的任何地方瞧得更深些；一扇门为你打开了，于是你跟火光中的蒸馏器在一起。●那儿是你从没带人去过的地方，多疑的人，你就坐在那儿，分辨着变化。而在那儿，因为你的天性要求你揭发，而不是塑造或叙说，你便在那儿做出巨大的决定，要把你自己，完全一个人，最初只有用放大镜才能发现的这件琐事放得这样大，把它给千百万人瞧，在一切人面前变得无比巨大。你的戏

● "那儿发生着人生最神秘的化学，及其变化与沉淀。"（引自作者1925年11月10日致维托尔德·许尔维茨的信。）

剧问世了。你不能等到❶，这个几乎茫茫无垠的，为几世纪压缩成几滴的人生会为其他艺术所发现，会逐渐变得让个别人看见，他们一点一滴获得见识，最后要求眼见那些显赫的谣言，在他们面前展开的场景的比喻中，一同得到证实。你不能等到那一天，你就在那儿，你必须确认并记载那深不可测的一切：一种上升半度的感情，一种几乎什么也加重不了的意志之很近才读得出来的振幅分度器，一滴眷恋中轻微的混浊，以及一点点信任中根本看不出的色度变化：你必须确认并记载这一切；因为在这样一些历程中，正存在着现有的生活，我们的生活，它已滑进了我们体内，已经向内部退缩得那么深，以至对它再也无从推测了。

由于你有意于揭露，是一位超时间的悲剧诗人，你必须把这根毛细血管一下子变成最有说服力的手势，变成最顺手的什物。于是你着手在你的作品中描写那种史无前例的暴行，你的作品越来越急躁，越来越绝望地在可见事物中间为内心所见一切寻找等价物。于是有了一只家兔、一个阁楼、一个让人走上走下的厅堂：在那儿隔壁房间有玻璃叮当声，窗外有火灾，还有太阳。有一座教堂和一个状如教堂的山谷。但这些还不够；最后还得有钟楼伸进来，还得有整个山脉；而埋葬风景的雪崩则填没了为着不可捉摸事物而装满可触知事物的舞台。然后，你再也无所作为了。你曾经把它们弯到一起的两端，马上又弹开了；

---

❶ "生活，我们的生活，颇不易呈现于舞台，因为它已全然收缩成不可见的内在，只借助'显赫的谣言'才与我们相通。可是，戏剧家不能等到它可以显示；他必须对它施暴，这个尚不可上演的生活；为了这个缘故，他的作品也像一根狠狠向后弯去的权杖，竟从他的手中迸开了，仿佛从来不曾写过。"（同上）

你疯狂的力量从弹性权杖中逸出，你的作品仿佛不存在。

否则谁会懂得，你为什么最终不肯从窗口走开❶，像你一贯那样固执呢。你想瞧瞧过路人；因为你有了这样一个念头，是不是有朝一日可以从他们中间写出一点儿什么来，如果决心写的话。

（绿原 译）

贵夫人与独角兽❷

这里有挂毯，阿贝伦涅，墙壁上的挂毯。我想象，你也在此处。挂毯有六幅，来，我们慢慢走着看。不过，先要退后点儿，把六幅同时看一下。多么文静，可不是？其中变化很少。总是同样的椭圆形蓝色小岛，浮现在文雅的红色背景上；背景上面百花盛开，还有各种小动物在活动。只有那边，最后的一幅挂毯上，小岛稍稍升高，好

---

❶ "易卜生在他的窗边度过最后几天，好奇地观察过往行人，有几分将这些真人同他可能创造出来的人物相混淆。"（同第283页）

❷ 1905年里尔克曾在巴黎格吕尼博物馆参观名贵的挂毯，这是克勒兹省布萨克古堡德尔·维斯特家族的传家宝，当初是该族当中约翰骑士团团长的皮埃尔·多比松（1423—1503）令人织造的。共有六幅，以红蓝两色为基调。挂毯上的贵夫人是贵族千金小姐，挂毯是她的嫁妆。据说乔治·桑发现了这件宝物。1882年格吕尼博物馆出重金购进，成为馆中的珍藏。独角兽是古代传说中的动物，形似马，额当中有一只角。此兽象征纯洁的处女。里尔克另外写过一首《独角兽》，还在《致俄耳甫斯的十四行诗》第二部第四首歌咏过它。

像比其他小岛轻了一些。每幅挂毯上总有一个人物，虽穿着不同的服装，却是同一位妇女。在她身边有时有一个较小的人物，是一个侍女，此外，还总有负荷纹章的动物，很大，一同出现在岛上，参与着各种情节。左边是一头狮子，右边是颜色鲜明的独角兽；这两个动物都擎着同样的旗子，在它们头顶上高高地出现：三个上升的银色的月亮，用蓝色的边线刻画在红底子上——你看到了吗，你愿意从第一幅开始看吗？

她在喂鹰隼。她的衣服多么华丽。鹰隼停在她的戴着手套的手上扑动着。她瞧着它，把手伸到侍女递来的盘子里，想拿些食物喂它。右面下方，在拖地的裙裾上坐着一只丝毛小狗，它抬头仰望，希望主人别把它忘记。你可曾注意到，一道低矮的蔷薇栅栏隔断了岛的后部。纹章动物像纹章官一样昂然挺立。纹章又像外套一样裹住这些动物。一根漂亮的别针将外套的前面别住。有微风吹拂。

我们一看到在第二幅挂毯中那位贵夫人正在沉思，我们不由自主蹑手蹑脚走近去看：她在编花环，编一顶圆圆的小花冠。在她穿好前一枝时，又沉思地从侍女捧着的扁平的盘子里挑选下一枝康乃馨的颜色。在后面的凳子上放着一只装满蔷薇花的篮子，一只猴子把盖在篮子上面的花拿掉了。现在要用的是康乃馨。狮子漠不关心，可是右边的独角兽却似乎很明白。

在这片寂静之中难道不该听到音乐，或者以前已经听到过？她打扮得端庄文静，走到（走得很慢，可不是？）可搬动的管风琴前，站着弹奏，由声管群跟她的侍女隔开，侍女正在她的对面拉着送空气的风箱。她还从没有打扮得像现在这样美。头发奇妙地梳成两条辫子拉到前面，在头饰上面束在一起，这样，辫子的末端就从束好的头发中翘出来，好像头盔上的短短的花翎。狮子强忍住不发出吼声，不高兴地耐心听着风琴的演奏。而独角兽却像在有节奏地波动着，显得很美。

小岛扩大了。搭起了一个帐篷。是用蓝色的缎子做的，闪着火焰般的金光。动物们从左右两边掀起帐门，她走了出来，虽然穿着贵人家的衣服，却几乎显得很质朴。因为，她佩戴的珍珠，跟她本人相比，算得了什么。侍女打开了一只小小的首饰盒，她从里面取出一根链子，一根沉重的漂亮的宝石链子，这是一向放在首饰盒子里珍藏着的。小狗坐在她旁边为它准备好的加高的地方看守着链子。你可曾发现帐篷上边的金言？上面写着"A mon seal désir."（为了我唯一的愿望。）

怎么回事，为什么小兔子在下面跳，为什么我们一眼就看到它在跳？因为一切都拘拘束束。狮子无事可做。她本人拿着旗子。或者她靠在旗子上面？她用另一只手抓住独角兽的角。这是悲伤的表现，悲伤能如此挺直地站着吗？一件丧服能像处处有起皱的暗绿色天鹅绒一样给人以缄默之感吗？

可是又碰到一场庆典了，没有人被邀请参加。等待也毫无意义。这里什么都不缺。一切都是永远存在的。狮子几乎在威胁地环顾四周，谁也不许进来。我们还从未看到她露出疲累的样子；她累了吗？或者因为拿着什么重东西才坐下来？可能想想她拿着的是圣体显示匣。可是她把另一只手臂向独角兽伸过去，独角兽做出献媚的姿态用后脚立起来，抬起前脚搁在她的膝上。她拿的是一面镜子。她让独角兽看它映在镜中的影子——

阿贝伦涅，我想象，你也在这里。你理解吗，阿贝伦涅？我想，你应该理解的。

死亡的恐怖

从那时起，关于死亡的恐怖，我想了许多，当然也把自己的经验考虑进去。我认为，我确实能说，我感到了死亡的恐怖。在熙熙攘攘的城市里，在人群当中，死亡的恐怖常常无缘无故地向我袭来。当然，常常也有很多的原因；例如：有人在长凳上断气了，大家都围拢来看他，而他已经没有恐怖感了：这时，我就替他感到恐怖。或者，有一次，在那不勒斯，在电车上坐在我对面的一个年轻女人死去了。一开始，她像是昏了过去，电车还继续开了一会儿。可是随后，确定她是死了，电车只得停驶。后面也停了几辆，马路堵塞住，向这个方向开的车子无法开下去了。那位苍白的胖姑娘，靠在旁边的一个女人身上，就这样得以安然死去。可是她的母亲硬是不相信。她费尽千辛万苦。她拉开她的衣裳，向她嘴里灌些什么，其实已灌不进去。她用旁人递上来的药水在她的额头上擦擦，看到她的眼球有点儿向旁边转动，她就开始摇摇她，想让她的眼球再对着前方。她对着她的眼睛大声叫喊，眼睛已毫无反应，她拉着她的全身推来推去，像摇动布娃娃一样，最后又举起手来，使劲拍打她的胖脸，不让她死去。那时我真感到恐怖。

可是在这以前，我早已感到过恐怖。例如，在我的狗临死时。它把它的死彻底归罪于我。它病得很重。我在它旁边已跪了一整天，突然，它发出一阵阵短促的叫声，就像平时有陌生人进屋时那样。在有生人进来时，我们是这样约定，让它这样叫的，当时，我不由得朝门口看去。可是，不速之客的死亡已钻进它的身体里。我不安地望望它的眼睛，它也望望我的眼睛。可是，它望望我，并不是为了向我告别。它严酷地、惊诧地盯着我看。它怪我让死亡进来。它深信我是可以阻止的。现在得出证明：一向把我估计得太高了。已没有时间向它解释。它惊诧地、孤零零地盯着我，直到它断气。

或者是在秋天，在最初几次夜霜之后，苍蝇都飞进室内，借室内的温暖恢复冻僵的身体，那时，我也感到恐怖。它们干缩得出奇，听到自己翅膀发出瑟瑟的声音非常惊慌；可以看到，它们自己也不知道在做什么。它们停在那里，好几个小时动也不动，直到它们突然想起它们还活着；于是就随便向一个地方盲目地乱飞，也不知道该在那里做些什么，只听到它们继续落下的声音，这边，那边，都听得到。最后，它们到处乱爬，慢慢地死去，让整个室内布满它们的尸体。

可是，甚至在我一个人独居的时候，我也会感到恐怖。我为什么要隐瞒说没有这样的夜晚呢，那时由于对死亡的恐惧，我在床上坐起来，紧紧抓住这个希望：坐着至少是还活着的证据：死人是不会坐着的。在这种偶然让我住进去的房间里，常常碰到这样的情况，每当我处境不妙，这种房间就弃我于不顾，好像害怕受我的坏事牵连、要被传讯一样。我坐在床上，可能样子很可怕，任何一切，都没有勇气承认跟我有交往。连我刚刚帮它的忙，把它点亮的灯，也不肯露出认识我的样子。它自顾自地点着，就像在一间空无一人的室内一样。随后，我最后的希望只有寄托在窗子上了。我想象，在窗外可能还有什么跟我相好的东西，就是在如今，就是在这突然面临死亡的困境之中。可是，我刚刚向窗子望去，我倒希望窗子被堵死，像墙壁一样。因为，这时我知道，窗外也同样是一片冷漠连续下去，窗外也只有我的孤独。我自己招惹来的孤独，我的心再也承受不了的大片孤独。我想起我从前离开他们而去的那些人，我不知道我怎么会抛撇下他们。

　　神啊，神啊，如果我还要面对这样的夜晚，至少请把我有时能去想的思想留给我。我要求的，并非不合理之事；因为我知道，我的恐怖很大，这样的思想正是由恐怖而来。在我童年时，他们打我的脸，说我胆小。这是由于，我的恐怖还很稚拙。可是从那以后，我学会了恐怖之道，就是真正的恐怖，只有产生恐怖的力量增强了，恐怖才会增强。除了在我们的恐怖之中，我们对这种力量没有任何概念。因为这种力量是完全不可理解、跟我们完全对立的，如果我们拼命想它，我们就会碰壁，碰得头破血流。可是，一段时间以来，我仍然相信，这是我们的力量，对我们还是过于强大的一切力量。诚然，我们对它没有认识，可是，我们知道得最少的，不正是我们最固有的东西吗？我常想，天国和死亡，这种观念是怎么来的：我们竟把我们的最贵重的东西移到一边，因为在此以前，我们还有许多杂事要做，因为这种最贵重的东西放在我们忙忙碌碌的身边不大安全。现在，多少时间就让它过去，我们习惯于为琐事奔忙。我们再也辨认不出我们的贵重的东西，我们面对它的极端巨大感到惊惧。难道不能这样想吗？

（钱春绮　译）

圣者的诱惑

　　我现在多么理解这些奇异的图画❶，里面一些用途有限而常见的物件伸一伸腰，猥亵而好奇地彼此引诱，在近似淫乱的消遣里抽搐不止。这些沸腾着、到处走动的铫子，这些转念头的烧瓶，以及这些为了好玩挤出一个洞来的懒散的漏斗。而且它们中间还有，为嫉妒的空虚抛了上来的四肢，热乎乎吐了它们一身的面孔和向它们讨好的放屁的臀部。

　　而圣者弯着腰，缩成一团；但是他眼里还有一道目光，认为这样是可行的：他曾经瞧了一眼。他的情欲已从他的灵魂的明亮的溶液里析出。他的祈祷已经落叶，从他的口中站出来，像一株枯萎的灌木。他的心栽倒了，泼了出来，流入浊水中。他的鞭子疲软地拍打着他，像一根赶苍蝇的尾巴。他的性感又一次只在一个地方，当一位女士袒露着胸膛，乳房高耸，笔挺地从贱民中间走来。它便像一根手指似的指着她。

　　有时我认为这些图画很陈旧了。倒不是我怀疑它们的真实性。我能想象，这类事情从前在圣者身上发生过，那些狂热的冒进分子，他们不惜任何代价，想马上开始与上帝交往。我们不再对我们自己指望这一点。我们担心，他对我们来说，是太难了，我们必须把他推开，好从容不迫地做一做使我们和他分离的长期工作。但是，现在我知道了，

---

❶　指荷兰宗教画家希罗尼穆斯·博施（1450—1516）的作品，如《七大罪》《圣安东的诱惑》《戴荆冠的耶稣》《背上十字架》等；或者尼德兰画家老彼得·勃吕盖尔（1530—1569）的作品，多取材于《圣经》故事，风格怪异，近乎博施。

这项工作恰像当圣者一样受到怀疑；每个为着这项工作而孤独的人，都会遇上这样的窘境，正如它也会形成在上帝的孤独者们周围，在他们的洞穴和空洞的窝棚里，很久以前。

（绿原　译）

孤独者

　　世人在跟人谈到孤独者时，总是把对方估计得太高。以为对方懂得所谈到的对象。不，他们并不知道。他们从未见过一个孤独者，他们只是憎恶孤独者，对他却毫无了解。他们成了耗尽孤独者的精力的邻人，诱惑孤独者的隔壁房间里的声音。他们唆使万物对付他，让万物发出嘈杂的噪音而盖过他的声音。当他还是一个温柔的儿童时，孩子们就联合起来反对他，随着逐渐长大起来，又成为大人们的众矢之的。大人们发现他的藏身之处，把他从里面赶出来，像一只可以捕猎的动物，而在他那长长的青年时期，却没有禁猎期让他能太太平平。当他不愿让人搞得他筋疲力尽而逃走时，人们就对他留下的一切大声叫嚷，称之为丑恶而大肆诬蔑。如果他装作没有听见，他们的迫害就更加露骨，把他的食物吃掉，把他的空气吸光，向他的贫乏的所有物吐唾沫，让他对这些所有物感到厌恶。他们把他当作患时疫的人一样破坏他的名声，向他投掷石头，要他赶快离开。他们这种由来已久的本能是有道理的：因为，实际上，他是他们的大敌。

　　可是，如果他对这些迫害并不看上一眼，那么，他们就暗暗思忖。

他们似乎感到，他们所做的一切正中他的下怀；他们这样做，倒增强了他的孤独耐力，帮了他的大忙，让他跟他们永远分开。于是他们骤然改变，使用最后手段，拿出最后一张王牌，进行另一种对付方法，就是：荣誉。听到这种荣誉的鼓噪之声，差不多任何人都会抬头看看而变得心神不定的。

伪德米特里的下场

今夜，我突然想起应当是我在少年时代就有过的那本小小的绿封面的书；我不知道我为什么会想象这是马蒂尔德·布拉埃的书。当我获得这本书时，并没有使我感到什么兴趣，直到好几年以后，我才读它，我想，那是在乌尔斯戈尔德度假的时候。可是，一眼看去，就好像离不开它。光看装帧，就觉得完全有购读的价值。封面的绿色含有某种意义，使人立即看出，书中的内容一定也会跟外表若合符节。仿佛跟我商量好的一样，首先是洁白的、光滑的、带有白色波纹的衬页，其次是令人起神秘感的扉页。看上去，书内可能有插图；可是，一张也没有，却又令人不得不几乎违心地承认，这也是可以的。在书内某页上，看到细细的丝带书签插在那里，这弥补了没有插图的遗憾，丝带很柔软，插得有点歪斜，它的红色还没有褪，使相信这点的人觉得感动，谁知道从什么时候起被插在这原样的两页之间。也许它从未被人使用过，是装订工人匆匆忙忙地把它插进去，没有注意细看。可是，也可能并非出于偶然。或许是有人读到这里，停下来，没有再读过；因为在此时碰到命运来敲他的门，叫他去干别的事情，远离一切书本，读书毕竟不是重要的生活。这本书是否没有再被他继续读下去，此事也不能确定。我们也可以推想，事情是简单地由于，这一页被再三打开来阅读，所以把书签插在这里，或者有时要到深夜时分才能打开书本，所以要插在这里做记号。不管怎样，我对这两页，总觉得有点害怕，就像害怕有人站在镜前的那面镜子。我从没有读过这两页。我根本不知道，我是否把整本书全部读过。这本书并不很厚，但其中有很多故事，特别是在午后阅读；这时总会读到人们还不知道的一个故事。

我还记得两个故事。我想在这里谈谈，就是：格里沙·奥特列比约夫 ❶ 的下场和大胆者查理的覆灭。

当时我对这故事有什么印象，已无法知道。可是现在，在许多年以后，我还记得书中的描写，那个伪沙皇的尸体如何被抛到群众中间，暴尸三日，被踩烂、被刺伤，脸上盖着假面具。当然，那本小书再也没有指望回到我的手里。可是这一段却一定很引人注目。他跟他母后碰头是什么情况，我倒有兴趣再查看一下。在他把母后召到莫斯科来的时候，他可能对他自己的地位觉得很有把握；我甚至确信，他在当时有很强的自信心，所以才真正想把他的母后召来。这位玛丽·纳戈

---

❶ 格里沙·奥特列比约夫（1583—1606）：原为丘多夫修道院的修士。沙皇伊凡雷帝的幼子德米特里于 1591 年和他的母亲玛丽一起被流放到乌格利奇，由鲍里斯·戈都诺夫下令将他杀死。一说他没有死，被他母亲救走，因而生死不明。这就出现伪德米特里。第一个冒充者即格里沙，他篡夺了沙皇皇位。后于 1606 年 5 月 17 日被瓦西里·舒伊斯基公爵率领的兵士和民众们杀死。席勒曾写过一部未完成的历史剧《德米特里乌斯》。

伊 ❶，匆匆地赶了一天的旅程，从她那贫苦的修道院来到莫斯科，只要她同意，她就可以获得一切。可是，是不是就在她认他为儿子时，他的自信心就会发生动摇？我倒有点儿认为，他的摇身一变的力量就存在于他不再是任何人的儿子那一点上。

（这毕竟是任何一个走出家庭的年轻人的力量。）

那些拥戴他而没有考虑拥戴什么人的民众只有使他篡位的可能性发挥得更加自由而毫无限制。可是，母后承认他是儿子的声明，尽管是有意识的骗局，还是削弱了他的权势。把他从捏造事实的顶峰拉下来；使他成为一个仅仅是无多大本领的作伪者；使他沦为本非如此的一个老赶儿：使他沦为一个骗子。加上那位玛丽娜·穆尼塞克 ❷，暗暗拆他的台，用她独自的方式否认了他，正如后来显示出的那样，她并不信任他，倒是信任别的任何人。这一切事实，在那本书中被尊重到什么程度，我当然是不能保证的。但我觉得，写成故事，倒也无可厚非。

可是，即使撇开这一部分，这桩事件也完全没有过时。现在可能有一位作家会悉心注意到最后的结局；他并没有什么不对。在那最后的时刻，发生过许多事情：格里沙从熟睡中跳起来，走到窗前，他从窗口跳出去，跳到院子里的卫兵们中间。他一个人爬不起来；不得不由卫兵们把他扶起。大概他的脚骨跌断了。他靠在两个卫兵的肩上，

---

❶ 玛丽·纳戈伊（纳加娅）：她嫁给伊凡雷帝，生下幼子德米特里。德米特里于1591年5月，他8岁时被杀害。

❷ 玛丽娜·穆尼塞克（穆尼斯科瓦，1580—1613）：波兰桑多米尔的穆尼塞克公爵之女。由她父亲做主把她嫁给格里沙·奥特列比约夫。在这位第一个伪德米特里被杀后，她又嫁给第二个伪德米特里为后。

觉得他们信任他。他向四周围看看：其他卫兵也都信任他。他看到这些巨人似的近卫兵，差不多感到遗憾，把他们骗得太过分了：他们天天看到伊凡雷帝的脸，现在却信任他这个格里沙。他真想说明真相，可是张开嘴，却只是痛得喊叫。脚上痛得很厉害，他在此刻顾不了自己的危险，除了疼痛，什么也不知道。再也没有时间了。他们都冲过来了，他看到舒伊斯基❶和他身后的一大队人。很快就要完蛋了。可是卫兵们却在他四周团团围住保护他。他们没有把他交出去。奇迹发生了。这些老卫兵们的信仰使那些人受到感化，突然之间，没有人肯向前再走一步。紧靠在他前面的舒伊斯基绝望地向楼上一扇窗子大声叫喊。格里沙没有回头看。他知道，是谁站在窗口；他清清楚楚地感到，四周寂静下来了，鸦雀无声地寂静下来了。现在，传来了声音，他在当时听惯了的声音；使劲发出的、尖锐的、伪装的声音。他听到皇太后——母亲不承认他的声音。

直到此时，事件都是自发进展的，可是现在，却需要借助一位小说家，一位小说家：因为，接下去的几行，必须让人感到具有不容许任何反对的力量。在太后的声音和开手枪的声音之间，在那紧急关头，在他的心中还再度点燃起不顾一切的意志和力量，这一点，不管作者是否写出来，我们却总该坚信不疑。否则，他们刺穿他的睡衣，在他身上到处乱刺，想看看是否碰到了一个真正的硬汉子，读者对这个事实，就难以理解它是怎样出色地具有前后一致性。也难以理解他在死后三天里还戴着他差不多已经放弃了的沙皇的面具。

---

❶ 瓦西里·舒伊斯基（1552—1612）：俄国沙皇（1606—1610 在位）。

大胆者查理 ❶ 大公的惨死

在这同一本书里，也叙述了这样一个人的结局，此人在他一生之中始终如一，没有丝毫改变，硬得像花岗石，对在他下面忍气吞声的一切人变得越来越难以承受，现在想起来，我觉得有点奇怪。在第戎 ❷ 有他的肖像画。他态度简慢、性情乖僻、顽固倔强、不顾死活，这也是周知的事实。只是对他的手，也许人们不大注意。这是一双很暖的手，要不断地使它凉快，常常不自觉地放在冷东西上面，并且张开手指，让各个手指之间能够通风。他的血会流进他的手里，就像别人的血向脑子里上冲一样，事实上，当他捏紧拳头时，它就像狂人的头脑一样，汹涌起各种奇想。

跟这种血生活在一起，需要难以置信的小心谨慎。大公总是把自己和他的血紧紧压制住，有时，当他感到血在他的周身秘密地暗暗流动，他就害怕。他自己也难以理解这种带有一半葡萄牙血统 ❸ 的过激的血，

---

❶ 大胆者查理（1433—1477）：勃艮第公爵（1467—1477 在位）。1467 年践位，成为勃艮第和佛兰德斯的君主。他性情暴躁，具有扩张野心。要把阿尔萨斯、洛林收入他的版图，跟法王路易十一世相争。又跟德国和瑞士争吵。1476 年进攻瑞士，次年 1 月在南锡战役中被瑞士、洛林联军击毙。

❷ 第戎：法国东部城市。历史上曾是勃艮第公国的都城。当年大公的王宫，现在成了美术博物馆。大胆者查理于 1433 年 11 月 10 日生于第戎。

❸ 大胆者查理的父亲是善人菲力浦（1396—1467）母亲伊莎贝拉（1397—1472）是葡萄牙王约翰一世的女儿。

可能使他自己觉得像是非常可怕的怪物。他常常害怕它会在他睡着时搞突然袭击，把他扯得粉碎。他做出要驯服它的样子，可是他总是处于恐惧状态。他从不敢爱上一个女人，以免引起血的嫉妒，他的血是如此凶猛，他从不让一滴葡萄酒沾唇；他不喝酒，只吃玫瑰酱，使他的血平静下来。可是，当格兰松❶失守时，他在洛桑❷郊外的军营中也曾喝过一次；那时他正好生病，离群索居，喝了许多纯葡萄酒。可是那时他的血睡着了。在他丧失理智的晚年，他的血常常陷于这种昏昏沉沉的动物睡眠状态。这时就显示出，他是怎样受他的血的控制；因为，他的血一睡着，他就成了废人一样。这时，他的扈从，谁也不准进入他的室内；他们说的话，他也听不懂。他像白痴一样，无法接见外国使臣。这时，他就枯坐着，等待他的血睡醒。大多数时候，他的血总是猛地跳起，从他的心脏里突然爆发，发出大声的咆哮。

为了这种血，他总是随身带着他并不感到兴趣的一切东西。三颗很大的钻石和各种宝石；弗兰德斯❸的花边和阿拉斯❹的壁毯，堆积如山。他自用的饰有金丝绦带的丝织军帐和给他的部下使用的四百张帐篷。画在木板上的画像和纯银制的十二使徒像。还有塔兰托王子、克利夫大公、巴登的菲利浦、夏托—居荣的城主。因为他想让自己的血相信：

---

❶ 格兰松：瑞士地名，在纳沙泰尔湖西南。1476 年 3 月 1 日查理公爵在此处吃了败仗。
❷ 洛桑：瑞士西南部城市。
❸ 弗兰德斯：历史地区名。位于法国东北部和比利时西南部。十五世纪时为勃艮第公爵的领地。以产花边著名。
❹ 阿拉斯：法国北部城市。曾是世界有名的壁毯产地。

他是万人之上的皇帝，让它怕他。可是尽管有这些佐证，他的血并不相信他，它是疑心病很重的血。也许还会使它怀疑一段时间。可是，乌里 ❶ 的号角出卖了他。从此以后，他的血知道，它是在一个败军之将的身体里流动：就想流出去。

这是我现在所想的，而在那时给我印象最深的乃是读到在三王来朝节 ❷ 人们搜寻他的那个场面。

在奇妙地很快结束的南锡 ❸ 战役之后，在三王来朝节前一天，年轻的洛林领主 ❹，骑马进入他的凄惨的城市南锡，在次日清晨就唤醒他的部下，打听查理公爵的下落。使者一个一个被派出去，领主本人也焦急不安地时时出现在窗口。那些用马车和担架抬来的人，他总认不清他们是谁，他只看得出，那不是公爵。在负伤者之中也没有，在接连不断被带来的俘虏当中，也没有见到过公爵的人。向四面八方逃难的人带来各种不同的消息，乱糟糟地惶恐不堪，好像对于是否曾碰到过公爵这件事感到害怕。天已黑下来了，依旧杳无音信。公爵失踪的消息，在漫长的冬夜里逐渐传播开来。消息传到哪里，就在每个人心中产生一种突然而来的、过分强烈的信心，认为公爵还活着。在人们的想象

---

❶ 乌里是瑞士州名。瑞士民间传说中的威廉·退尔就是乌里州人。瑞士人民于 1307 年冬结盟推翻奥地利的统治。当时驻瑞士的奥国总督就住在乌里州的首府。参看席勒戏剧《威廉·退尔》。此处的乌里为瑞士的代表。

❷ 三王来朝节：每年 1 月 6 日纪念耶稣显灵的的节日，亦称显现节、主显节。

❸ 南锡：法国东北部城市。曾为洛林王国的都城。

❹ 洛林为法国东北部地区。洛林的领主为勒内二世。

之中，公爵的形象也许从没有像今夜这样真正存在过。没有一户人家不是在通宵不睡之中度过，等候着他，想象会听到他的敲门声。如果没有来，那就认为他已走过去了。

这一夜有冰冻，认为公爵还活着的想法，似乎也结成了冰；结得如此坚硬。要经过好多年才能融化掉。所有这些人，尽管不知道真情实况，现在都坚持这个意见，认为他还活着。他带给人们的痛苦的命运，只有靠想起他的形象才变得能够忍受。要惯于忍受他的存在是很苦的；可是现在，当他们能做到这一点时，他们却发现他是可以让人铭记在心而难以忘怀的。

可是在第二天清晨，一月七日，星期四，又开始进行搜索。这次有了个带路人。他是公爵的侍童，据称，他曾远远地看到公爵从马背上摔下来；现在要叫他指出出事的地点。他自己没说什么，是康波巴索伯爵❶带他前来而且代他讲的。现在，侍童在前头走，其他人都紧跟在他的身后。看到他这种把身子裹在衣服里面、走起路来脚步不稳的奇特样子，谁也难以相信这个像少女一样美丽、关节纤细的侍童就是吉安·巴蒂斯塔·科洛纳。他冷得发抖；空气像被夜霜冻僵，走路时脚下发出像牙齿咬得咯咯作响的声音。其他所有的人都冷得要命。只有公爵的宫廷小丑，绰号路易·翁斯的那个男子在跑来跑去。他学着狗的模样，走到前面，又回头走来，用四肢撑在地上在侍童身旁爬行一会儿；可是，当他远远地看到某处有一具尸体时，他就跳过去，鞠一个躬，对尸体

---

❶ 尼科尔斯·康波巴索：原为那不勒斯的佣兵队长。1476年进入大胆者查理的宫廷。最后又背叛了他。

说，但愿他提起精神，成为大家在寻找的人。他给他一点考虑的时间，可是随即闷闷不乐地回到众人那里，大声叫嚷、咒骂，埋怨死人的固执和懒惰。大家继续前行，没有底止。南锡城市几乎看不见了；因为，尽管严寒，此时的天气却像封闭住一样，变得灰蒙蒙一片，看不清楚。旷野平坦地漠不关心地伸展出去，这个小小的密集的群体，越走下去，越像是迷了路途。没有人说话，只有一个跟着一起走的老太婆嘟哝着什么，一面摇摇头；也许是她在祈祷。

突然，走在最前头的侍童停下来向四周张望。随即急忙转过身来向着公爵的御医、葡萄牙人卢比，指着前方叫他看。在距离几步远之处，有一块结冰的平地，像一个小水塘或是池塘，那里有十到十二具尸体，一半陷在里面。它们差不多是完全赤身裸体，衣服全被人剥光了。卢比走过去，弯下身来，仔细查看一具一具的尸体。大家在分头寻找，发现了奥利维埃·德·拉·马尔什 ● 和神父的尸体。可是，那个老太婆已经跪在雪地里哀哀哭泣，弯身俯向一只大手，那些叉开的手指正向她凝望着。大家急忙走过来。卢比和几个随从想把尸体翻过来，因为它的脸朝下。可是，脸已冻结在冰里，当人们把它从冰中用力拉上来时，半边脸上又薄又脆的皮肤剥脱了，而另一半边脸，看上去已被狗或是狼把皮肤扯烂了；整个的脸已被从耳朵部分开始的一道大伤疤分成两半，说不上是什么人脸了。

● 　奥利维埃·德·拉·马尔什：1426 年生于勃艮第的诗人、编年志作者。
　　大胆者查理的近卫兵队长。亦说他在南锡战役中并未死去，而是当
　　了俘虏。

大家都一个一个相继回头看望；人人都以为罗马人就在自己身后。可是他们只看到气得满脸通红的宫廷小丑跑了过来。他举起一件大衣不住地摇晃，好像是什么东西会抖落下来；可是大衣里面空无所有。大家于是开始寻找可以确认的特征，有几个特征被发现了。他们生起火，用热水和葡萄酒清洗尸体。看到颈部的老疤和两处脓肿的痕迹。御医不再怀疑。可是人们还要找其他特征。路易·翁斯在距离几步远之处发现了大黑马摩罗的死尸，这是公爵在南锡失陷那天骑过的马。他骑在马上，把两条短腿垂下来。从马鼻孔里还有血继续流进马嘴里，好像马在舐它的血。站在那一边的一个仆从回想起公爵的左脚有趾甲嵌进肉里；于是大家就寻找那个趾甲。可是，宫廷小丑却烦躁不安，好像被人逗他发痒一样，他叫道："啊，主公，请原谅他们揭你的疮疤吧，这些蠢汉，他们不从我这拉长了的脸上辨认你，我的脸上是留有你的美德的影子的啊。"

　　在安顿尸体时，第一个走进来的也是公爵的宫廷小丑。尸体被安放在一个名叫乔治·马尔基的人的家里，谁也说不上为什么要这样做。盖尸布还没有覆上，因此他看得一目了然。白色的内衣和绯红色的大衣，在黑色的床顶天盖和黑色的灵床之间，互相隔阂，形成了强烈的对照。前面放着猩红的长筒靴，靴子上装着镀金的大大的踢马刺。一看到王冠，毫无疑问，那边就是公爵的头。那是镶着一些什么宝石的公爵戴的很大的王冠。路易·翁斯走来走去，仔细查看一切东西。他甚至摸摸缎子，尽管他不大在行。可能是上等的缎子，但对于勃艮第王族而言，也许低档了一些。他又一次退后几步，看看全局。那些东西的颜色，在雪光掩映之下，显得凌乱得出奇。他把每一种个别的颜色都铭记在心里。

最后，他赞许地说："穿得很好，也许有点太显眼。"他觉得死神像一个演木偶戏的人，他急切地需要一个公爵木偶。

贝蒂娜的情书

当我回到乌尔斯戈尔德，看到那一切书籍时，我就抓起书读了起来；差不多有点感到内疚似的拼命阅读。后来我常常怀有的这种感觉，在那时，不知怎么已有所预感：一个人如果没有阅读全部书的决心，就没有打开一本书的权利。每读一行，就打开了世界。在阅读书本之前，世界是完好无损的，在把一切书读了以后，世界也许又恢复完好的样子。可是，没有读书能力的我，我怎能敌得过那一切书本？就是在乌尔斯戈尔德的这间小小的书斋里，就放着读不完的大量的书，它们团结在一起。我固执地、不顾死活地向一本一本的书冲过去，奋力穿过一页又一页，就像一个人在干一件力不胜任的工作一样。那时我阅读席勒 [1]、巴盖森 [2]、欧伦施莱厄 [3]、夏克·施塔费尔特 [4]，还有书斋里藏有的沃尔特·司各特 [5] 和卡尔德隆 [6] 的作品。似乎早就该读过的许多书都到了我的手里；至于其他的书，要读，似乎还嫌太早；适合我当时情

---

[1]　席勒（1759—1805）：与歌德齐名的德国诗人、剧作家。

[2]　冉斯·巴盖森（1764—1862）：丹麦诗人。

[3]　亚当·欧伦施莱厄（1779—1850）：丹麦诗人。

[4]　夏克·施塔费尔特（1770—1826）：丹麦诗人。

[5]　司各特（1771—1832）：苏格兰诗人、小说家。

[6]　卡尔德隆（1600—1681）：西班牙剧作家。

况的书几乎没有。尽管如此，我仍旧读了。

在以后的岁月里，我常在夜间醒来，看到星星是那样现实地放出光明，似乎含有重大意义地运行，而我自己怎么会等闲视之，错过如此丰富充实的现世生活，这一点我无法理解。每当我从书本上抬起头来，望望窗外的夏天，听到阿贝伦涅的叫声，我相信，我也有着同样的悔恨心情。她忍不住叫我，我都不回答，这种事真是我们意想不到的。在我们最幸福的时期偏偏会这样。可是，由于我被读书热狂缠住，拼命看书，躲在室内，像煞有介事地、任性地白白浪费掉我们的每天的休假。享受天然幸福的机会很多，但常常不很显眼，笨拙如我，却不知利用，对于我们二人间的龃龉，我却乐意寄希望于将来的和好，和好的日子越是推迟下去，越是吸引人。

可是，我的读书热狂，有一天，突然结束，就像开始时一样；我们互相狠狠地生对方的气。因为阿贝伦涅不惜对我进行嘲讽，而且显示她的优越感，当我在凉亭里碰到她时，她宣称她正在看书。这是星期天上午，确实有一本没打开的书放在她身边，可是她却似乎在不厌其烦地忙着弄醋栗，用一根小叉很当心地把它们从果序中剔出来。

那该是七月里常有的一个清晨，清新的、感到获得了充分睡眠的时刻，到处都有些愉快的意想不到的事情发生。千千万万压制不住的小小的群动装配成充满确信的生命的镶嵌画；万物同声相应，振动的音波扩散到太空，它们的凉爽气氛使阴影变得鲜明，使太阳变为轻快的灵光。园子里没有什么居于主要地位；一切都遍在各处，为了不错过任何一个，我们必须深入到一切之中。

可是这整个一切，又在阿贝伦涅的纤巧的一举一动之中再现出来。

正是她所做的这种动作，恰恰是她做出的样子，显得多么巧妙出色。在凉阴之中发亮的双手，多么得心应手地互相配合，在小叉的剔出动作之下，圆滚滚的小果子任性地跳进垫着沾有露水的葡萄叶子的盘子里，盘中已堆满了红的、金黄的、闪着亮光的果实，酸涩的果肉裹着滋补的果核。在这种情况之下，我什么也不想，只想在旁边观望，可是，这样可能要被她责骂，于是我就跟她面对面坐在桌子另一边，拿起书本，也不多翻，碰上哪一页就随便看起来。

"你读书至少要读出声来啊，书呆子。"阿贝伦涅过了一会儿这样说。这个声音再没有争吵的语气，我觉得，这是认真要和解的时候，我就读出声来，一直读完一节，接下去的一节是：致贝蒂娜 ❶ 的信。

"不，不要读回信 ❷。"阿贝伦涅打断了我的阅读，突然像很疲倦的样子放下了小叉，立即对着我的脸大笑，当时我正在凝望着她。

"天哪，你读得多么差劲，马尔泰。"

听她这样说，我不得不承认，我实在是心不在焉地读。"我这样读，只是为了让你来打断我。"我坦白出来，感到激动，一页一页往回翻，翻到书名页。这时，我才知道是一本什么书。"到底为什么不要读回信

---

❶　贝蒂娜（1785—1859）：德国女作家。她的母亲玛克西米莉·阿涅是歌德的旧情人。她在二十二岁时去魏玛拜访五十八岁的歌德，对歌德景慕备至，但歌德却对她的热情采取敬而远之的态度。以后又数次往访。她把她和歌德的通信，添枝加叶，写了一部《歌德跟一个女孩的通信》，于歌德死后，即 1835 年出版。

❷　歌德写给贝蒂娜的回信。

呢？"我怀着好奇心问她。

阿贝伦涅似乎并没有听我发问。她穿着浅色的衣服坐在那里，她的眼睛露出沉郁的神情，好像她的内心里面也到处变得像她眼睛那样沉郁起来。

"把书给我。"她突然像生气一样从我的手里把书抢去，准确地翻到她要读的那一页。于是她开始读贝蒂娜的一封信。

我不知道我对那封信理解到什么程度，可是，我觉得，我会庄严地承诺，我总有一天能领会这一切。她的声音逐渐增强，最后差不多达到就像我听到她唱歌时的声音，这时，我感到惭愧，我竟把我们的和解想象得如此渺小。因为，我懂得，这就是和解。可是，这个和解却发生在不知何处的非常伟大的世界，高高地凌驾在我的头顶上，高不可攀。

承诺还是被实现了。不知从何时起，这本书成为我爱读的书，成为我离不开它的几本书之一。现在我也可以把它打开到我想读的那一页，当我阅读时，我是在想贝蒂娜，还是在想阿贝伦涅，我也说不准。不，贝蒂娜在我的心中变得更加现实，而我认识的阿贝伦涅，却像是给我认识贝蒂娜提供的准备，现在她已化为贝蒂娜，就像她本人羽化为她那原有的、身不由己的本体一样。因为，这位不可思议的贝蒂娜，已经用她的全部书信创造了一个机会，让她成为最广大的形象。她从一开始就让自己充塞于宇宙之间，就像她死后一样。她无所不在地渗入存在的领域之中，成为存在的一部分，在她身上发生的一切，就像在大自然中永远不朽的一切；她在大自然中认识到自己，又几乎痛苦地让自己从大自然中挣脱出来；就像人们脱离传统那样艰辛地揣测自己的本相，她像用咒语召唤鬼神一样召唤自己而保持下去。

贝蒂娜，你到现在还在我们身边；我看得出你。大地不是还由于有你而保持温暖，鸟儿们还给你的声音空出很大的空间。草上的露虽不是你当时的露，可是星星还是在你当年那些夜晚照耀的星星。或者这个世界岂不是还完全属于你的？因为你有过多少次用你的爱点燃这个世界，你看到它发出烈焰燃烧起来，当大家全进入睡乡时，你悄悄地用另一个新世界来取代它。你每天早晨要求上帝赐一个新世界，让他所创造的万物都能轮到适得其所的机会，这时，你感到你跟上帝的心意完全一致。对世界加以爱惜和修理，你觉得是太可怜了，你毫不吝惜地消耗这个世界，不断地伸出你的手，要求出现一个新世界。因为你的爱能跟一切相匹敌。

为什么大家还不谈论你的爱，怎么会有这种可能？在你以后，还有过什么比你的爱更值得人们注目的吗？他们在忙着什么？你自己知道你的爱的价值，你向你的最伟大的诗人大声说出你的爱，他竟把它变成常人的爱；因为你的爱还是一种自然力。可是，诗人给你回信，却把你的爱向世人通通说尽了，使世人小看了它。大家都读了这些回信，不相信你，却相信他信中的话，因为，对世人来说，诗人比作为自然力的你的爱较易了解。可是，也许有一天会显示出，在这一点上存在着诗人的伟大之处的界限。这位多情的贝蒂娜成为给诗人出的一个课题，诗人却无法解决。他对这种爱不能回报，这意味着什么？这种爱不需要任何回报，在它本身中就兼有引诱的呼叫和回应；它答应自己的请求。可是，堂堂的诗人应当谦虚地跪在她的面前，用他的双手把她口授的话语记录下来，就像从前使徒约翰❶在拔摩岛记录上帝的启示那样。对于这种"执行天使任务"的声音，没有选择余地；这是来包裹起诗人把他带回到永恒去的声音。让他在火焰中升天的车辇❷已停在这里。为他的死亡已准备好隐秘的神话，他却听其闲置着弃而不用。

奥朗日的古代圆形剧场❸

那时我去了奥朗日的古代圆形剧场。没有好好地仰看，只是意识到现在构成它的正面的粗犷的断壁残垣，我从看守人的小玻璃门走了进去。我站在倒下的柱身和矮小的木槿树之间，形成斜面状的看台，被木槿树遮挡住只有一会儿时间，随后我又看到那些座位，像张口的贝壳，被午后的日影分成明暗面，就像一个巨大的凹面日晷躺在那里。我匆匆地走过去。我觉得，在一排排座位之间往上走，在这种环境之中，我的身体变小了。在稍许高一点的上方，有几个外国人，凌乱地站在那儿，露出悠闲的好奇样子；他们的服装很鲜艳，叫人看得不顺眼，可是，缩小了的他们的个子就不值一谈了。他们向我注视了一会儿，看到我这么小，觉得奇怪。我不由得转过身去。

哦，真是完全出乎我的意料。一出戏剧开演了。一场巨大的、超

---

❶ 使徒约翰为耶稣弟子，他在被放逐到拔摩岛时写下《启示录》。参看《圣经·新约》中的《启示录》。拔摩岛为小亚细亚西海岸爱琴海中斯波拉泽斯群岛之一。

❷ 《圣约·旧约·列王纪下》2：11："忽然有一辆火马拉的火车出现，把他们二人分开，以利亚便乘着旋风升天去了。"

❸ 奥朗日在法国南部，阿维尼翁之北，罗纳河畔。市内有罗马人统治时代留下的圆形剧场和凯旋门遗址。

人的戏剧正在演出，这道强有力的舞台后墙上的戏剧，后墙被垂直地划分成三部分，巨大得发出轰隆的响声，差不多具有毁灭性的气势，不过，在这过度庞大之中突然又使人感到倒也合乎尺度。

幸福的震惊使我茫然自失。这道高耸的舞台后墙，有条有理的阴影配合得像一张脸，聚拢来的黑暗在当中形成一张嘴，构成墙顶边界线的上楣仿佛头发梳理得很整齐的发型：这道墙就是能扮演各种角色的古代面具，在这面具的后面，世界凝缩成面孔。在这弯成半圆形的巨大的看台上，充满一种等待的、空虚的、吸着的生活气息：一切事件都在那边后墙舞台上扮演出来：群神和命运。而在那上方（如果抬头仰望），就看到永远的穹苍越过墙顶进场。

现在我明白，就是在我访问古圆形剧场废墟的那个瞬间，使我跟我们现在所拥有的剧场隔绝开来。在现在的剧场里，我们能看到什么？在拆掉这道墙（俄国教堂的圣像墙）的舞台上，我还能指望什么？因为，由于墙的硬度，能把气体状态的情节加以压缩，使它成为圆润的、黏糊糊的油滴流出来，现在墙拆掉了，也就不再有这种力量了。如今，戏剧却从舞台那种粗筛子的孔洞中零零碎碎落下来，堆积在一起，堆满了，就清扫掉。它跟那些在大街上、在人家家里出现的半生不熟的现实并无什么不同，只不过是在现实生活中一个晚上容不下的许多事件，却能在舞台上，在一个晚上，把它们凑合在一起。

让我们坦率地说，正如我们没有神，我们也没有剧场：对这两方面，需要有共同之处。每个人都有自己特殊的想法和担忧，只有在对自己有利和适宜时，才让别人一观其究竟。我们不断地把我们的理解力冲淡使用，免得不够用，我们不向那可称之为共同急需的墙呼叫，在这道墙的背后，有不可理解的事物慢慢地聚拢而绷紧。

意大利女演员杜赛 [1]

如果我们有个剧场，你这位悲剧的女性，你会不会还让你那没有粉饰、没有伪装、苗条的清姿站在观众面前，站在那些靠你表现出来的痛苦以满足他们急匆匆的好奇心的观众面前？无法形容的、使人感动的你，早就预见到你的痛苦的真实性，就是那时，在维罗纳，差不多还是个孩子；你站在台上，面前捧着许多玫瑰花，像正面的面具一样，一面使你的痛苦升华，一面挡住观众的视线。

确实，你是演员家庭的孩子，你的家人是为了让观众观看而表演；可是，你却跟你的家人不同。这种职业，对于你，乃是一种伪装，就像玛丽安娜·阿尔科福拉多不自觉地当修女一样，这是一种秘密的、耐久的伪装，藏在这种伪装后面可以毫无顾忌地沉浸在痛苦之中，就像不露面的幸福者满心陶醉于幸福中一样。不论你到了哪个城市，人们都赞赏你的表情；可是他们不了解你在日渐增长的绝望之中揭示出你的虚构的假象，而不知是否能掩盖你的痛苦。你用可以看得清的东西，你的头发、你的双手，掩盖透视不到的部位。你向透视得到的部位呵气，使它变得模糊不清；你把身体缩小；你把自己隐藏起来，像孩子们躲起来玩捉迷藏一样，于是，你发出短促的快乐的叫声，好像至多只有天使才能找到你。可是，你轻轻抬头一看，那就毫无疑问，在那丑陋的、空虚的、只有张眼凝视的观众席上的任何人，他们始终在看着你，你，你，你，别无其他。

你想弯起手臂，伸开手指，挡开他们的恶意的视线。你想夺回被

---

[1] 杜赛在《奥古斯特·罗丹》文中提到过。

观众饱餐的你的脸。你想保持你自己的本色。你的同台演员们胆怯了；就像人们把他们跟一只母豹关在一起，他们沿着舞台背景慢慢地移动着，为了怕你发脾气，说出轮到他们该说的台词。可是你却把他们拉出来，让他们站到舞台当中，把他们当作现实的人物跟他们交谈。那些松弛的门、哄人的帷幕、没有背面的道具，使你陷入矛盾之中。你觉得，你的心不断地向无限的现实高升，你惊愕地试图挡开观众的视线，像拂去在晚夏的空中飘动的蜘蛛网的长丝——可是，在那一瞬间，为了害怕面对极端的真实，观众们已送来暴风雨一般的掌声，好像要在最后的时刻避开那会迫使他们改变其生活的一幕剧情。

爱恋者

被爱者的生活很不幸，而且有危险。啊，但愿他们克服过来，成为爱人者。在爱人者的周围有安全保障。没有人再来怀疑她们，她们自己也不能够泄露自己的秘密。她们的秘密在她们心中是完好的，她们像夜莺一样把秘密全部倾吐出来，而不是倾吐出一部分。她们为一个男性悲叹。可是整个大自然都随声应和：这是为一位永生的神悲叹。她们跟在一位失去的人身后急追，可是，走了最初的几步就已经超过他的前头，在她们前面的只有神。她们的传说有彼布利斯 ● 的传说，她跟在考诺斯后面一直追到吕喀亚。她心中的迫切之情驱使她跟踪着他

● 彼布利斯：希腊神话中弥勒托斯之女，她爱上她的哥哥考诺斯，跟踪他一直追到小亚细亚的吕喀亚，筋疲力尽，在橡树上吊死。她的眼泪在卡里亚化为彼布利斯泉。见奥维德《变形记》9，454—665 行。

的足迹走过许多邦国，终于追得筋疲力尽；可是她的本性的激动性是如此强烈，她虽然倒下，却在死亡的彼岸化为泉水而复活，化为潺潺的泉水流个不停。

那位葡萄牙修女❶的情况，跟她有什么不同：她的内心不也是化为泉水？还有你，哀绿依丝❷？还有你们，你们的悲叹一直传下来，传到我们耳中，你们这些爱恋者：加斯帕拉·斯坦帕❸，迪埃伯爵夫人❹和克拉拉·当杜兹❺；路易丝·拉贝❻，马塞莉娜·德博尔德❼，爱丽莎·梅

---

❶ 参看本书中《玛丽安娜·阿尔科福拉多修女的五封信》一文。

❷ 哀绿依丝（1101—1164）：法国哲学家阿贝拉尔（1079—1142）的女弟子，因婚事受阻，二人俱入修道院出家。哀绿依丝写给阿贝拉尔的情书留传千古。1817 年，法国人将这一对恋人的遗骸合葬于拉歇兹神父公墓。美国影片《天堂窃情》即取材于他二人的情史。

❸ 加斯帕拉·斯坦帕（1523—1554）：意大利女诗人。她的诗主要怨叹科拉蒂诺伯爵的不忠实的爱情。一说她被伯爵毒死。她的诗集由她的妹妹卡珊德拉于 1554 年出版于威尼斯。

❹ 迪埃伯爵夫人：13 世纪初普罗旺斯女诗人，婚后爱上行吟诗人兰波·多朗日。她以热情的诗篇赞美她的对象，并怨叹对方的冷淡。

❺ 克拉拉·当杜兹：13 世纪普罗旺斯女诗人。

❻ 路易丝·拉贝（1525—1566）：法国女诗人。生于里昂。为制绳工之女，丈夫是制绳工场主。她美貌多才。所作十四行诗和悲歌体诗，颇受彼特拉克影响。里尔克曾将她的十四行诗译成德文出版。

❼ 马塞莉娜·德博尔德（1786—1859）：法国女诗人。她十六岁时就登台献艺。曾爱上诗人和小说家拉图尔，但未能获得对方理解。1817 年跟演员普洛斯佩尔·瓦尔莫结婚，生了四个孩子，都不幸早死。发表诗集有《悲歌·玛利亚·罗曼斯》（1819），深受雨果、拉马丁等人的赞赏。

尔科尔 **❶**？可是你，可怜的轻率的埃赛 **❷**，你已经迟疑不决，却还是俯首听命。疲劳的朱利亚·莱斯皮纳斯 **❸**。幸福花园传说中的孤零零的玛丽·安妮·德·克莱尔蒙 **❹**。

　　我现在还记得很清楚，从前有一次，我在家里发现一个首饰盒；像两只手并排起来那么大，形状像一把扇子，外面包着深绿色的摩洛哥皮，边上压出花卉图案。我把它打开：里面空空如也。隔了那么多年，我现在还能说起。可是在那时，我一把它打开，却只看到，首饰没有了，剩下衬底的天鹅绒，像小丘一样隆起的绒垫子，颜色很淡，不再鲜艳；放首饰的位置留下的沟槽，颜色更淡，空荡荡，呈现出忧伤之色。看到这种情况，一会儿就觉得受不了。可是，作为被爱者留传下来的情况，也许总是如此吧。

---

❶ 　爱丽莎·梅尔科尔（1809—1835）：法国女诗人。写悲歌及颂歌体诗，也写小说。

❷ 　埃赛（1694—1733）：原为高加索切尔克西亚人。四岁时，由法国公使费里奥尔在君士坦丁堡的奴隶市场上将她买下，带回巴黎抚养。由于她貌美而又有才智，成为沙龙中被追求的中心对象。她曾热恋一位对象（Chevalier d'Aydie），因对方担任圣职，不能跟她结婚。她写给日内瓦女友的信，对了解当时的社会颇有价值。

❸ 　朱利亚·莱斯皮纳斯（1732—1776）：在她的沙龙里聚有当时著名的百科全书派人物。她跟法国数学家、自然科学家、哲学家达兰贝尔有深交。热爱过德·莫拉侯爵和德·吉贝尔伯爵。她的充满热情的书信集二卷本出版于1809年。同年在莱比锡出版德译本。

❹ 　玛丽·安妮·德·克莱尔蒙（1697—1741）：婚后不久，丈夫就在猎鹿途中丧命。法国女作家让利斯写有一部小说《德·克莱尔蒙小姐》（1802）。

被爱与爱

从前我常常自问，为什么阿贝伦涅不把她那高贵的感情的热量转向神。我知道，她渴望从她的爱中除去一切被爱的部分，可是她那诚实的心是否可能误以为神只是爱的一个方向而不是爱的对象？她是否知道无须害怕从神那里得到爱的回报？她没有认识到这位优越的被爱者的神的克制力，神为了使我们这种慢性子的人奉献全部的心，把欢乐冷静地推迟？或者她想回避基督？她害怕在半路上受到基督的阻挠而由他把她变成被爱者？因此她不愿想起尤丽叶·雷温特洛夫❶？

我几乎相信我的这种观点，每当我细想，像梅希蒂尔德❷那样单纯的爱恋者，像德肋撒·德·阿维拉❸那样迷人的女性，像圣·罗莎·德·利马❹那样受伤害的女子，会在神的代理安慰者基督的足下五体投地地跪

---

❶ 尤丽叶·雷温特洛夫（弗里德里凯·尤丽安涅，1763—1816）：伯爵夫人。美貌而笃信宗教，并参与各种政治活动。

❷ 马格德保的梅希蒂尔德（约1212—约1280）：1270年以前为马格德堡的不发愿修女。后为海尔夫塔修院西多会修女。德国的神秘主义者。著作《流动的神性之光》为德国中世纪神秘学说的重要文献，且有文学价值。

❸ 德肋撒·德·阿维拉（1515—1582）：西班牙神秘主义者。1622年被列为圣女。她在1553年入加尔默罗会（圣衣会）修院。1558年获得神秘的体验而回心。她对加尔默罗会的革新尽了大力。著作有《通往至善之道》《自传》，均有文学价值，并被译成欧洲各国文字。

❹ 圣·罗莎·德·利马（1586—1617）：生于利马。年轻时，由于父亲丧失了财产，曾当婢女以维持家庭生活。1671年被列为圣女。并为利马、秘鲁及南美洲之主保。

倒而且受到基督的钟爱。唉，对弱者们说来是一位救主的基督，对这些强者却毫无道理；当她们除了皈依神的无止境的道路，已经不再有任何指望时，在紧张的天国门口，却有一位采取人的姿态者在走近她们，给她们提供舒服的休憩处，以人的姿态迷惑她们。他那屈折力很强的心脏三棱镜使她们的已成平行线的心灵光线再次聚集在一起，而她们，天使们已经抱有希望使她们皈依神的那些女性，在处于极度焦渴的憧憬之时，燃烧起热情的火焰。

被爱就是燃烧。而爱则是：灯油点不完的照明。被爱是无常，爱是永存。

阿贝伦涅在她的晚年，为了悄悄地、直接地跟神交往，试图用她的心而不是用头脑进行思考，这一点还是有可能的。我可以想象，她留下一些书信，那些信令人联想到阿玛丽埃·加利钦侯爵夫人❶的细心的内省；可是，如果这些书信是写给某位跟她亲近多年的友人，那位友人会怎样因她的改变而感到痛苦啊。而她自己也会如此：我猜想，她最害怕的乃是那种幽灵似的变相，这种变相，本人看不出来，因为本人经常把这种变相的一切证据当作不感兴趣的东西弃置不顾。

（钱春绮　译）

---

❶　阿玛丽埃·加利钦（1748—1806）：生于柏林，为普鲁士将军希梅陶伯爵之女。1768年跟俄国公使德米特里·阿列克塞维奇·加利钦侯爵（1738—1803）结婚。从小受天主教教育。后来一度接近无神论哲学，跟百科全书派人物交往。最后回归天主教，摆脱社交生活，移居明斯特。跟歌德、赫尔德有过交往。出版过书简和日记。

浪子

很难说服我相信，浪子的故事 ● 不是一个不愿被人爱的人的传说。他还是个孩子的时候，家里人个个都爱他。他长大了，一点儿也不知道，可能会有人不爱他。他从小就习惯了人们的慈爱。

但他长成小伙子，便想抛弃他的那些习惯。他从没能够这样说过，但当他成天在外面四下游荡，甚至不再要狗跟着他，这是因为连它们也在爱他；因为它们眼里流露着顺从和同情、期待和关心；因为即使在它们面前，他不论做什么事情，也没有一件不是令人高兴或者令人伤心的。而他那时所需要的，却是他的心灵的深沉的淡漠，这种淡漠有时使他一大早在田野里，充满这样一种纯净感，以至他开始奔跑起来，跑得上气不接下气，简直没有时间，甚至没有片刻意识到，这是早晨。

他的尚未形成的人生之秘密展现在他面前。他不由自主地离开了步行小径，奔向了田野，双臂扬起来，仿佛在这宽阔地带一下子能掌握好几个方向。然后，他在一个灌木丛后面躺了下去，没有人把他当回事。他给自己削了一根柳枝做长笛，他朝一头小野兽扔石头，他弯下身来迫使一只甲虫掉头：这一切都没有成为命运，天空从他头上像从自然头上滑过一样。最后，下午连同纯粹的胡思乱想来了；你可以是托尔图加岛上的一名海盗，当海盗没有什么义务要尽时；你可以围困坎佩切；

● 　浪子的故事见《圣经·新约·路加福音》15：11—32。

可以袭击韦腊克鲁斯；**●**可以是一整支军队，或者一名马上将领，或者海上的一艘船：全看你自我感觉如何。但是，如果有人想跪下去，他很快就会变成德阿达特·封·戈聪**●**，曾经屠杀过龙，并且十分激动地听说，这种英雄本色盛气凌人，从不低声下气。因为凡属题中应有之义，人们一般都不会省略掉。但是，不管出现多少现象，总会有足够的时间，可能只是一只鸟，不知是一种什么鸟。只是接着，不得不回家了。

我的天，这一切都得抛掉，都得忘掉；因为适当地忘却，是必要的；否则它们坚持下去，你就会泄露自己。不管怎样踌躇、怎样环顾，山墙终于在望。上面第一面窗子就盯住了你，可能还有个人站在那儿。成天望眼欲穿的狗群穿过丛林跑来，把你当作它们认识的人来欢迎。别的事情便由屋子来做了。只要一踏进它所充满的气息，事情就给决定了一大半。可能有些细节已经改变了；总的说来，你就是他们在这儿把你看作的那个人；就是他们从你自小就按照他们自己的意愿为你构造了一生的那个人；就是日夜处于他们的爱心的影响之下，在他们的希望和猜疑之间，面对他们的责难或赞许的那个公有的小人儿。

对他来说，再怎样小心翼翼地登上台阶，也没有什么用。大家都

● 托尔图加是海地西北部以外一个岛屿，17 世纪为英法海盗劫掠加勒比海的一个据点；坎佩切是墨西哥东南部一个港口，17 世纪经常为海盗所袭击；韦腊克鲁斯是墨西哥主要进口港，1653 年和 1712 年曾为海盗所洗劫。

● 德阿达特·封·戈聪：相传为 14 世纪耶路撒冷圣约翰骑士团（马尔他骑士）成员。由于许多团员试图屠杀罗得岛上著名的龙而牺牲，骑士团团长甚至禁止团员接近龙穴。德阿达特带头屠龙成功，但因违命而被剥夺骑士资格。后被赦免，并于 1346 年被选为骑士团团长。

会在客厅里，门一打开，他们都会望过来。他待在暗处，他等候他们发问。但是，接着发生了最不愉快的事情。他们握着他的手，把他引到了桌旁，他们大伙儿不管有多少，一齐好奇地拥到了灯前。他们倒好，他们站到了暗处，却让他一个人留在灯光下面，承受着有一张脸的全部羞耻。

他会待下去，跟着糊弄他们分配给他的那种差不离的生活，变得鼻子眼睛都跟他们一模一样吗？他会在他的意志的纤细真实性和眼见将它加以腐败的粗俗欺骗之间，把自己分裂开来吗？他会不再成为可能伤害那些只有一副软心肠的家人的那个人吗？

不，他将走开。举例来说，当他们大家忙于在庆祝生日的桌上为他陈列出再一次用以补偿一切的难猜的礼品时。永远走开去。他很晚才明白，他那时是多么坚决地打算永远不爱什么人，免得使他处于被爱的狼狈境地。几年以后，他记起这件事，原来它也像其他意图一样，已经证明是做不到的了。因为他曾经在孤独中一而再地爱过；每次都浪费了他的全部精力，而且为别人的自由怀着说不出来的忧虑。慢慢他才学会，用他的感情做光线来照亮被爱的对象，而不在她身上把自己的感情耗尽。于是，他纵情陶醉于通过被爱者日渐透明的形体，认识她为他的无限占有欲所开拓的广阔地带。

由于渴望自己也能这样被照亮，他经常整夜整夜地痛哭。但是，一个半推半就的被爱者，还远不是一个会爱的女人。哦，多少凄凉的夜晚，那时他一点一滴地收回了他的滔滔不绝的赠品，不禁充满人生无常之感。那时一再想起行吟诗人们，他们什么也不怕，就怕自己的祈求得到回应。他把所有赚得的和积攒的金钱都拿出来，也好不去经验这一点。他大手大脚地开销一切费用，来伤她们的心，越来越担心她们会试图回报他的爱。因为他不再抱希望,会遇到一个使他刻骨铭心的情人。

　　甚至当贫穷每天以新的艰困恐吓他的时候,当他的头颅成为苦难手中的宠物,给摩挲得稀烂的时候,当他浑身长满了脓疮,有如预防黑色灾祸的应急眼的时候,当他害怕人们因为他跟垃圾一样脏便把他扔进垃圾堆的时候;甚至当他一想起来,他最恐惧有人会回应他的时候。同那些让一切丧失在里面的拥抱之深厚忧伤相比,此后的一切阴暗又算得了什么。他可不是一醒来,就感觉自己没有前途?可不是没有办法对付一切危险,便失魂落魄地到处游荡?可不是非得千番百次答应不死不可?或许正是这种恶劣记忆顽固不化,要在他身上保留一个好一再回来的位置,才让他在废物堆中继续生存下去。最后,总算重新找到了他的自由。只有到这时,只有在当牧人的岁月里,他的许多往事才会平息下来。

　　谁描绘得出他那时所遭遇的一切?哪位诗人有口才将他那段时日的漫长同生命的短暂协调起来?什么艺术宽广到足以同时生动表现他那瘦削的、披斗篷的身影和他的巨大黑夜的整个浩瀚?

　　这就是他开始觉得自己既普通而又无名,有如一个时好时坏的康复期病人的时刻。他什么也不爱,除非说他只爱生存。羊群对他的卑微的爱在他算不了什么;就像从云层落下来、散布在他周围、悄悄闪烁在草地上的光。按照它们的饥饿所指引的无害的线索,他沉默地走在世界各地的牧场上。陌生人在卫城见过他,也许他多年来就是勒·波的牧人之一,眼见石化时代比华胄贵族更为持久,后者虽然凭借七和三这两个神奇数字获得一切,却不能征服它的星形勋章上的十六道致命的光辉。^❶或者我应当想象他在奥朗日^❷，倚靠在田园风味的凯旋门上？我还应当看见他在阿利斯坎普斯^❸的幽灵栖息的阴影里，他的目光

---

❶ "普罗旺斯的壮丽风景，牧人来往地带，甚至今天仍刻有勒·波王公们所建城堡的遗迹；勒·波是一个英勇绝伦的高贵家族，十四五世纪以其男人的显赫与实力和女人的美貌而著称。谈到勒·波王公，人们很可以说，石化时代比这个家族更为持久。它的实体仿佛已经石化成粗糙的银灰色的景致，其中倾覆了闻所未闻的城堡。这片风景在阿尔勒附近，是一出令人难以忘怀的自然戏剧：一座山，废墟，和被遗弃的村庄，又完全变成了石头，连同它所有房屋及其残片。更远处，是草原：因此招来了牧人。在这里，在奥朗日的剧场，在卫城，跟着他的羊群一起移动，温和而恒久，像一片云，飘过一些不胜颓败而仍然激奋的地方。像大多数普罗旺斯家族一样，勒·波的王公们是些迷信的绅士。他们的发迹超凡出众，他们的幸运不可估量，他们的财富无与伦比。这个家族的女儿们漫步有如女神和宁芙，男人则是兴风作浪的半神。他们征战得胜归来，不仅带回了财宝和奴隶，还有最难以置信的王冠；顺便说一下，他们自称为'耶路撒冷的皇帝'。但是，他们的盾形纹章上却栖息着相抵触的蠕虫；对于那些相信数字七的人们，'十六'似乎是最危险的反数，而勒·波的领主们却在他们的纹章上戴有十六道光的星（就是引领三个从东方来的王和牧人们到伯利恒的马厩去的那颗星：因为他们相信这个家族起源于神圣的伯沙撒王）。这个家族的'幸运'乃是圣数七（他们拥有的城市、村庄和女修道院均以七计）对于他们纹章上的十六道光的一场斗争。而七被打败了。"（引自作者1925年11月10日致维托尔德·许尔维茨的信。）

❷ 奥朗日，法国南部阿维尼翁以北一市镇，其罗马遗迹包括圆形剧场、凯旋门和渡槽等。与上述勒·波和建有巴台农神殿的雅典卫城同为欧洲著名古迹。

❸ 阿利斯坎普斯，法国阿尔勒附近的古墓，有未开的石椁。

正在像复活者的坟墓一样张开的坟墓中间追逐一只蜻蜓？

　　都无所谓。我看见的不只是他，我还看见他的一生，它那时刚开始对于神的长久的爱，那桩沉静的、无目的的工作。因为尽管他想永远克制自己，他的心灵日益觉得非如此不可的迫切感又一次落到他身上。这一次他却希望有所回应。他的整个身心在长期孤独之中变得有先见之明，不致犹豫不决了，它便向他保证，他现在的意中人将懂得以刻骨铭心的容光焕发的爱来爱他。但是，当他渴望自己终于如此出色地被人爱时，他那习惯于遥远的感情才领悟到神的极其遥远的距离。有好些夜晚，他打算把自己扔进天空去接近神；有好些小时，充满这样的发现，他觉得自己强大到足以潜向地球，好把它沿着他的心的风暴潮拽上去。他像一个听见一种华美语言，决心用来写诗的人。可他很快就惊愕地发现，这门语言是多么难学；开头他还不愿相信，一个人会花一辈子的光阴，来练习那些初级的、短小得没有什么意义的假句子。他投身于学习，像一个奔跑者投身于竞赛；但是，必须加以克服的难度如此之大，使他不得不延宕下来。想不出任何事情会比这次入门更令人沮丧。他已经找到了点金石，现在他不得不把他迅速制造出来的幸运之金不断变成小块小块忍耐之铅。他已经使自己适应太空，现在却像一条虫爬过弯曲的没有出口和方向的过道了。而今他既然学着爱，学得那么费劲而又苦恼，他就会明白，他迄今误认为已经完成的全部爱都是多么粗枝大叶而又貌不足道。又是何等一事无成，因为他并没有为它工作并使之实现。

　　这些年来，他身上起了很大的变化。在他试图接近神的艰难工作中，他几乎忘记了神，而他希望也许在他身上及时得以实现的一切，就是

"他支持一个心灵的耐性"❶。人们所重视的命运之偶然，早已从他身上脱落掉；但是现在，甚至必不可少的欢乐与痛苦都失去可口的余味，对他变得纯粹而又富于营养了。从他的生存之根生长出一种喜悦的壮实的常绿植物。他全神贯注于掌握构成其内在生命的一切，他不愿忽略任何什么，因为他不怀疑他的爱就在这一切里面并且增长着。是的，他泰然自若到如此程度，他竟决心弥补他从前未能完成的，也就是那些耽误了的最重要的事情。首先他想起了童年，他越是平静地回忆，便越觉得它摆在那儿没有完成；所有关于它的记忆本身有着一种模糊的预感性，它们被看作往事这件事实使得它们几乎变成了未来。把这一切又一次并且实实在在地承担起来，这就是为什么离家出走者又回来了的缘故。我们不知道，他会不会留下来；我们只知道，他回来了。

讲故事的人们讲到这个地方，试图提醒我们记住这座房屋的当年面貌；因为那儿只过去了很短的时间，一段屈指可数的时间，屋子里每个人都说得出，过了好久。狗变老了，但它们还活着。据说有一只嗥叫起来。整个日常工作中断了，窗口露出了许多面孔，衰老的和成熟的面孔，彼此相似得令人感动。一张老脸突然苍白起来，原来终于认识了。认识？真的只是认识？是宽恕。宽恕什么呢？是爱。我的天：是爱啊。

他，被认出来的他，像过去一样心思重重，再也想不到还会有爱。不难理解，在已经发生的一切当中，只有这个还会流传下来：他的姿势，

---

❶ 原文为法文。据作者上引信称，这句话可能出自西班牙修女阿比拉的圣拉撒（1515—1582）的一部宗教经典。

从前没有见过、也没听说过的姿势；他借以投身在她们脚下，央告她们别爱的祈求姿势。她们吓得发晕，忙把他扶起来。她们按照她们的方式解释他的轻举妄动，同时宽恕了他。尽管他的态度具有一不做二不休的明确性，大家却都误解了他，这一点对它必定是一种难以形容的慰藉。说不定会留下来。因为他一天天越来越认识到，她们为之沾沾自喜、相互鼓舞的爱，根本同他不相干。她们使劲张罗，几乎使他不得不发笑，显而易见，她们心里的那个人不可能是他。

她们怎么会知道他是谁呢？现在要爱他是极其困难的，他觉得只有一个人能够爱他。可那一位还不愿意。

（绿原　译）

饮茶时间 [●]

喝着这只杯子里的茶，茶杯上有我不认识的外文，也许是镌刻着祝福和好运的记号。我把杯子拿在满是纹路的手里，纹理的弯曲线条我无法解释。这两种文字，它们相互一致吗？既然它们各有特色，在我的视野里总是显得神秘。由饮茶人的一举手而使它们靠拢在一起的这两种古文，它们将会以它们自己的方式进行对话而取得默契吗？

（钱春绮　译）

● 这里的两篇小散文诗于 1925 年 12 月 8 日作于穆佐特，是写给一位
叫莫尼克（Monique Saint-Hélier）的女性的。原文为法文。

小飞蛾

　　她非常烦躁地飞近灯火，她的眩晕给予她烧死前的不安的最后犹豫。她跌落在绿色的台布上，在这衬托的底色上炫耀一下（短短的时间我们无法测定）她的难以想象的壮丽光彩。就像，十足的微型，一位贵妇人在前去剧院的途中碰到车子抛锚。她去不成了。再说，这位柔弱的观众要去的剧院在哪里呢……她那隐约看得出一根根金色翅脉的翅膀，就像在什么人面前扇动的两把扇子，摇动着；双翅之间的苗条的身体，顶端有两只翠绿色的眼睛，就像玩棒接球 ● 时两只翠绿色小圆球落到上面的小棒一样……

　　美丽的小虫啊，天主在创造你时耗费许多精力。他把你投向火焰之中，为了收回一点点他的精力（就像孩子打碎他的贮钱罐一样）。

（钱春绮　译）

● 棒接球（bilboquet）：一种玩具，将用细绳与小棒相连的穿孔小圆球往上抛，使球孔落在棒端上。

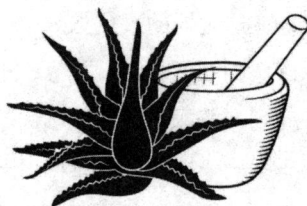

第二辑　事物穿过心灵

让灵魂展开年轻的翅膀高悬在扰攘的尘世上空。

论风景

　　人们很少了解古代的绘画；但是，要说古人看人就像后来的画家看风景一样，那也不为过分。在瓶画这种出自一门伟大绘画艺术的难忘的纪念品中，环境（房屋或街道）只是提到一下，仿佛缩写似的，只是标出开头字母而已，赤裸的人则是一切，如同挂着果实和果环的树，还有开花的灌木、群鸟啼啾的春景。那时对待人体像对待一片土地，关心它像关心庄稼一样，占有它像占有一块优良的地产，人体就是可供观赏的美，就是按照和谐系列贯串一切意义（神和兽以及人生全部意蕴）的图像。人虽然存在几千年，对于自己还是太新，还是太陶醉于自己，以至未能超越或忽略自身。他所走的路，他沿着奔跑的跑道，过希腊节日的一切游戏场和跳舞场；军队集结的山谷，出发进行冒险、到老满载闻所未闻的记忆而归的港口；各种节日及相继而来的张灯结彩、叮叮当当的夤夜，朝拜神祇的行进和环绕祭坛的巡游——这一切就是人们生活于其中的风景。但是，人形神祇所不住的山脉是陌生的，连一尊从很远看得见的立像都没有的丘陵、找不到牧人的山坡——就更不值一提了。处处都不过是空荡荡的舞台，只要人没有出场，以他的身体的欢乐或悲惨的行动充满场景。一切都在等待他，如果他来了，一切又都会后退，给他让路。

　　基督教艺术丧失了与人体的这种关联，因此实际上没有接近风景；人与物在其中如同字母，以开头字母为序构成长长的画出来的句子。人是服装，肉体不过是在地狱中；风景很少可能是人间。如果风景明媚，它几乎永远意味着天堂，如果引起恐怖，显得荒芜而贫瘠，那么便可看作是被放逐者和永远堕落者的流放地。大家都见过的；因为人都变得细长而透明，但他们却惯于把风景同样感觉为一段小小的瞬息，一片长满青草的墓茔，其下悬着地狱，其上则是伟大的天堂，显现为真正的、深刻的、为芸芸众生所希求的现实。于是一下子有了三个去处，三个众说纷纭的住所：天上、人间和地狱——地点的确定便变得十分必要了，必须把它细看，把它描绘一番；在早期意大利大师那里，这种描绘超出了其原来的目的，发展到伟大的完美境界，只需记住比萨的坎波·桑托❶里的绘画，便可感觉到那时的风景观已经变得相当独立自主了。不过是想勾画一个地点，没有别的什么，但却是以如此的热情和投入来勾画的，以如此迷人的口才来诉说的，并且是如此专注地作为事物的钟爱者，那些悬在人间，悬在为人们所否认、所怀疑的人间的事物——以至至今看来，好像是一首为圣者们所赞同的对于那些事物的颂歌。而且，人们看见的所有事物都是新的，因此与观看相连的是一阵持续的惊愕，是一种对于无数发掘物的喜悦。因此，自然而然，

---

❶　Campo canto zu Pisa，意大利比萨的圣贤祠，即名人墓地。

当人们渴望认清天堂，便以人间来赞美它，一并也了解了人间。因为深沉的虔敬像雨一样：它一再落回到所从出发的土地上，是对于田亩的祝福。

虽然并非有意，人们却这样感觉到温暖、幸福以及可能从一片草地、一泓溪流、一道花坡，从并排竖立的果实累累的树木焕发出来的壮丽景色，以至如果要画圣母像，就以这种财富一件大氅似的包围她们，以此一顶花冠似的为她们加冠，把风景像旗帜一样舒展开来表扬她们；因为人们懂得不能为她们筹办什么盛大的庆典，人们知道什么虔敬精神都不如：把所有刚发掘出来的美呈献给她们，并和她们融合在一起。不再以风景指任何地方，甚至也不指天堂，人们开始歌唱风景，像唱一首从明亮色彩开始的圣母颂一样。

但是，就此出现一个伟大的发展：画风景并非以此指风景，而是意味着自身；它变成了表现人的某种感情的借口，人的某种喜悦、淳朴和虔诚的比喻。它变成了艺术。莱奥纳多❶就是这样运用风景的。风景在他的画中是他最深刻的经历和知识的表现，是秘密规律沉思地照看的蓝色镜子，是像未来一样伟大、一样不易识破的远方。莱奥纳多首先画人就画经历，就画他孤单承受的命运，他意识到风景还可作为表现几乎不可言说的体验、深沉和悲伤的工具。许多未来者的这位超越者善于非常了不起地运用一切艺术；正如用许多语言一样，他用这些艺术谈论他的生活和他的生活的进展与辽阔。

还没有人画过一幅风景，那么完整的是风景，然而又那么强烈的

---

❶　即意大利画家达·芬奇（1452—1519）。

是表白和自己的声音，如同丽莎圣母●身后的那一片深沉。仿佛所有人性都包含在她的十分宁静的肖像中，而其余的一切，摆在人面前并超越她的一切，则存在于山、树、桥、天和水这些神秘的关系中。这片风景不是一个印象的图画，不是一个人对于静物的看法；它是发生的自然、生成的世界，对于人是如此陌生，宛若一个未被发现的岛屿的人迹罕至的树林。如果风景历来应当是一门独立艺术的手段和诱因，那么就必须这样来看待它，把它看作一种遥远与陌生，看作一种偏僻与冷漠，完全是从自身内部发生的；因为它必须是遥远的，非常不同于我们，才能成为我们命运的一个解救性的比喻。它必须是几乎带有敌意，抱着一种高高在上的漠不关心的态度，才能以它的景物赋予我们的生存一种新的意义。

莱奥纳多·达·芬奇凭预感掌握到的那门风景艺术，其造型过程就是在这个意义上进行的。几百年来，它在寂寞者的手中慢慢发展起来。必须走过的道路是非常遥远的，因为很难对世界断念到不再以本地人的先入为主的眼光来看它，这种眼光看一切，都使之适用于自己，适用于自己的需要。大家知道，生活周围的事物是很不容易看清楚的，往往需要有人从远方来，告诉我们周围是些什么。因此，还必须把这些事物从自身推开，以便后来能够以更公正、更宁静的方式，少一些亲密程度，在肃然起敬的距离中去接近它们。因为人们是在不再理解自然的时候，才开始理解它；直到觉得它是异物，是根本无意接纳我们的无动于衷者，人们才从它走出来，孤零零的，从一个孤零零的世界走出来。

● 即达·芬奇的名画《蒙娜丽莎》。

为了成为以自然为对象的艺术家，必须要这样；再不可按照它为我们所具有的意义，把它作为素材来感觉，而应把它对象化，作为一个伟大的既存现实来感觉。

把人画得大大的之时，就感觉到了人；但是人已变得动摇不定、影影绰绰了，他的图像日益变化，几乎再也无从把握。自然却更其持久、更其宏伟，其中一切运动更其广阔，一切静止则更其简朴而寂寞。人有这样一种渴望，就是以其崇高的工具来叙说自己，恰如叙说某种同样真实的事物，个中什么也没有发生的风景画就是这样产生的。人们画过空荡荡的大海、雨天的白屋子、没人走的路，和说不出怎么寂寞的水。激情消失得越多，对这种语言理解得越透，就越会以朴素的方法运用它。人们专注于景物的伟大的静止，感觉到它们的存在转化为规律，没有期待也没有急躁。动物在它们中间悄悄游逛着，像它们一样忍受着白昼和黑夜，浑身充满着规律。后来人跨入这个环境，作为牧人，作为农夫，或者简直作为自图画深处出现的一个形象：这时所有自负心理从他消失殆尽，瞧他的样子，他想成为物。

风景艺术慢慢转为世界风景化，在这个成长过程中有着人类一段广阔的发展。这些图画的内容，如此无意地从观看和劳动中产生，对我们这样说道，一个未来已经在我们的时代中间开始了：人不再是在同类中间平起平坐的合群者，为此不论早晚远近，甚至不再是那个人了。他作为一个物被安放在众物中间，非常之孤单；物与人的所有共同性已经退缩为所有成长者的根部从中吸收水分的公共深泉。

（绿原　译）

论艺术

I

列夫·托尔斯泰伯爵在他最后旁征博引的《何谓艺术》一书中，在提出他自己的答案之前，先摆出了一系列各个时代的定义。从鲍姆加滕到赫尔姆霍尔茨、沙夫茨伯里到奈特、库赞到扎尔·帕拉丹❶，容纳了种种极端和矛盾。

托尔斯泰所罗列的这一切艺术见解，只有一点是共同的，即都不看重艺术的本质，因此不如说是从其作用来阐释它的。

这就无异于说，太阳是使果实成熟、使草地发热、使洗了的衣物

---

❶ 鲍姆加滕（Baumgarten，1714—1762）：德国哲学家，美学奠基人；赫尔姆霍尔茨（Helmholtz，1821—1894）：德国物理学家；沙夫茨伯里（1671—1713）：英国哲学家；奈特（Knight，1791—1873）：英国出版家；库赞（Cousin，1792—1867）：法国哲学家；扎尔·帕拉丹（Sar Peladan，1859—1918）：法国作家，神秘主义者。

变干的那个东西。人们忘记了，最后这一种作用，每座火炉都做得到。

　　尽管我们现代人远远不可能拿这些定义来帮助别人或者不过帮助自己，我们却比学者们也许更无成见、更真诚、更有一点点创作时刻的记忆，它能以热情弥补我们的语言在历史尊严和责任心方面的不足。艺术可以显示为一种人生见解，大概宗教、科学和社会主义也是这样。前者区别于其他见解之处在于它不是由时间引起的，似乎显得是到达终点的世界观。按照一种图解法来描述，试把象征个别人生见解的线条向平坦的未来伸延开去，那么它便是最长的一根线，也许是一根圆周线的一节，这节线所以显得是直线，只因半径是无限的。

　　即便世界一旦在脚下瓦解，艺术仍会作为创造物而独立存在，并为新世界和新时代可能做出筹谋。

　　所以，把艺术构成其人生观的人，即艺术家，也就是年轻地活过一百年，身后没有任何过去，到达终点的那个人。别人来来去去，而他持续着。别人把神作为记忆放在身后。对于创造者，神是最后的、最深刻的实现。如果虔诚者说"他在"，悲伤者说"他曾在"，艺术家便微笑着说"他将在"。而且他的信仰不只是信仰；因为他亲自建造了这个神。他以每种观察、每种认识、每种细微的喜悦，给神增添一些威力和一个名称，以便神终于在后来一个曾孙身上完成自己，以一切威力和一切名称装饰自己。

　　这就是艺术家的职责。

　　但是，因为他是作为孤独者在今天创作艺术，他的双手有时便在某些地方同时代相碰撞。倒不是时代怀有敌意。但它却是犹豫的、怀疑的、不信任的。它是阻力。正是从当前潮流和艺术家不合时宜的人生观之间的这种矛盾中产生了一系列小小的解放，艺术家看得见的事实就是艺术品。不是从他的天真的爱好产生的。它永远是对于今天的一个回答。

艺术品可以这样来解释：是一种内心深处的表白，却以一件回忆、一次经验或者一个事故为借口，并能脱离它的创作者而独自存在。

艺术品的这种独立自主性就是美。随着每件艺术品的诞生，又有一件新的东西来到世界上。

人们会发现，按照这个定义，一切都有表现的余地：从博斯地区❶的哥特式大教堂直到年轻的范·德·费尔德的一件家具❷——

以效果为基础的艺术阐释包含更多的内容。其结论甚至必然是不谈美而谈趣味，也就是不谈神而谈祈祷。于是它们变得毫无信仰，以致糟得不知伊于胡底。

我们必须宣称，美的本质不在于生效，而在于存在。否则，花卉展览和绿化设施必定比一座在任何地方独自开放着而不为任何人所知的荒芜园圃要更美丽。

Ⅱ

我把艺术称作一种人生观，就是认为它决非虚构。人生观在这里

---

❶ 博斯地区，在巴黎和奥尔良森林之间，教堂尖顶、谷仓、水塔竞相耸立。

❷ 范·德·费尔德（1863—1957）：比利时建筑师。新艺术风格创始人。1896 年曾为巴黎美术馆设计家具和室内装潢。因与 17 世纪两位荷兰画家同名，故称"年轻的"。

是这个意思：要成为艺术。那么，决不可为某种目的而约束自己和限制自己，而应当信任一个确切的目标，无忧无虑地放松自己。无须谨慎从事，而应有一种明智的盲目性，无所畏惧地跟随一位钟爱的导游者。不是要获得一笔可靠的缓慢增长的财产，而是要持续挥霍一切可变价值。人们认识到，成为这种艺术，带有几分天真幼稚和不由自主，近乎那个无意识的时刻，其最佳标志乃是一种可喜的信任：童年。童年是伟大正义和深沉爱情的王国。没有什么东西比儿童手中的另一件东西更重要。它在玩一根金胸针或者一朵白色的野花。它玩腻了，便漫不经心地扔掉并忘掉这二者，正如二者在他喜悦的眼光中显得灿烂辉煌一样。它没有失落的顾虑。世界对他就是一个美丽的外壳，什么东西在里面都不会失落。而且，他一度见过、感觉过或者听过的一切，它都觉得是他的财产。他一度遇见过的一切。它不强迫事物定居。一群黝黑的游牧者穿过他神圣的双手，仿佛穿过一道凯旋门。它们在它的爱情中亮了一会儿，随后又黯淡下来；但它们一定都通过了这种爱情。而一度在爱情中亮过了的一切，便留存在图像之中，再也不会消失了。图像便是财产。所以，儿童们是如此富有。

可是，它们的财富是粗糙的黄金，不是流行的货币。而且，教育越是获得势力，这种财富似乎越是贬值，因为教育拿流传下来的、在历史中形成的概念取代了最初的、不由自主的、完全个别的印象，并按照传统把事物打上印记，分为有价值的和无所谓的、值得争取的和一文不值的。这是决定的时刻。或者那些丰满的图像原封不动地留在闯进来的新知识后面，或者古老的爱情像一座垂死的城市沉没在这个未曾料及的火山灰雨中。新事物或者变成维护一片童心的堤坝，或者变成将它无情冲毁的洪水。这就是说，儿童或者按照小市民的想法变得老成懂事，成为一个合法公民的萌芽，进入他的时代的教团，并接受他们的圣职，它或者干脆安安静静地继续从内心深处，从它所特有的童心成熟起来，也就是说，成为一个具有一切时代的精神的人：艺术家。

正是在这个深处，而不是在日常教育经验中，才扩张开艺术家气质的根。它们活在这片更温暖的土壤里，活在对时代尺度一无所知的、秘密发育不受任何干扰的寂静里。也可能另有一些树干，从教育、从更冷漠的为外表变化所影响的土地汲取力量，在天空中生长得比这样一株深入土壤的艺术家之树更高些。艺术家之树并不将它短暂的只活春秋两季的枝丫伸向神，那永恒的陌生者；它安静地扩展它的根，那些根环绕着事物后面的神，那里十分温暖而又昏暗。

正因为艺术家不断向下，伸进了一切生成物的热能，他们身上另一种体液便涌现出来而成为水果。他们是沿着轨道不断增添新生命的进一步的循环。他们是在别人有问题却掩盖起来的地方，能够进行坦白的唯一者。没有人能认识他们生存的边界。

可以把他们比作不可测量的水井。各个时代站在它们的边沿，把它们的判断和知识扔石头一样扔进未经探测的深处，然后倾听。几千年来，石头不断掉下去。还没有一个时代听见了到底的声音。

Ⅲ

历史是来得太早者的花名册。人群中一再会有一个人苏醒过来，他在这群人中没有任何起因可言，他的出现以更广阔的准则为基础。

他带来一些异样的习惯，并为放肆的举止要求空间。于是从他身上生长出一种暴力和一种跨过恐惧与敬畏如同跨过砖石的意志。未来肆无忌惮地通过他来说话；他的时代不知道该怎样来评价他，并在这种迟疑不决中错过了他。他也就毁于它的优柔寡断。他死得像一个被离弃的统帅，或者像来去匆匆的春日，懒散的大地并不理解它的紧迫。又几百年过去，人们便不再给他的立像献花环，他的坟墓也被忘却了，不知在哪儿长满绿草——然后他又一次醒来，走近他的子孙后代，并在精神上成为他们的同代人。

我们感到许多人就这样复活了：王侯和哲学家、首相和国君、母亲和烈士，他们的时代对于他们曾经是空想和阻力，现在他们温柔地生活在我们身边，微笑着把他们古老的思想递给我们，再没有人觉得它们是嘈杂的和亵渎的。他们在我们身边走到尽头，疲倦地结束他们的不朽生涯，把我们列入他们永恒的继承人中间，并接受日常的死亡。然后，他们的纪念像再没有灵魂，他们的历史变成多余，因为我们占有了他们的本质如同一件自己的经历。于是，过去便像在既成建筑物面前倒塌的脚手架；但我们知道，每件成就又会变成脚手架，而为上百次倒塌所掩盖，最后的建筑物便建立起来，它将成为钟楼和庙宇，还有房屋和家园。

如果这座纪念碑上要盖一个穹顶，就该轮到艺术家——来当那位完成者的同代人了。因为他们作为最未来者已经经历许多时日，而我们还没有把他们中间最少几位当兄弟来认识过。他们也许以他们的思想来亲近我们，他们以任何一件作品来感动我们，他们倾向我们，我们于是刹那间记住了他们的形象——只是我们不能设想他们今天还活着，也不能设想他们死了。我们宁愿双手有力地拔山举树，也不肯关闭这些死者之一的观察万物的眼睛。

连我们时代的创作者们也不能邀请那些将成为他们的家园的伟人们来做客；因为他们自己并不在家，是等待者和寂寞的未来者和性急的寂寞者。他们长翅的心到处撞在时代的墙壁上。如果他们像智者那样，爱上他们的小室和用窗格有如用网一样捕获的一小片天空，和一只充分信任地把小窠悬在不幸之上的燕子——那么他也会是不愿老守着折起的布料和堆起的衣箱等待的渴望者。他们经常急于把织品摊开，好让那些由织工虚构而被中断的图形和色彩在被人瞧见和加以联系之前获得意义，他们想从黑暗的财产中搬出容器和黄金，充斥他们的店铺，拿到明处加以使用。

但是，他们都是来得太早者。他们在生活中摆脱不了的，将成为他们的作品。亲如兄弟般的，他们把它放在永久事物中间，未被体验者的悲伤就是它之上的神秘的美。这种美使他们即子孙和继承人们得以净化。于是，沿着创作过程，保持住尚未出生的一代，去等待他们的时代。

因此，艺术家永远是这种人：一个舞蹈者，他的动作破灭于他的小室的逼仄。他的步伐和他的手臂被限制的挥舞无从表现的一切，使得他的嘴唇疲惫不堪，或者他还得用受伤的手指在墙壁上刻画出他的身体未曾体验过的线条。

（绿原　译）

印象派画家 [1]

　　我现在要来谈谈在柏林凯勒与赖讷沙龙举办的"新印象派画家"第一次展览会。面对着这些静静的、镶着画框的艺术，观众感到自己的无能，因此，他们比观看戏剧首场演出更保持着规规矩矩。对着这些严肃的绘画，大笑、叫嚷、吹口哨，何济于事？这些绘画，就像陌生的深邃的眼光，掠过渺小的观众的头上，向太阳望去。

　　人们在这里首先有这种感觉：光被征服了。在镶着画框的画布上展开了南方夏日的一切华丽，即使在画面上出现暮色，其光辉也没有消失。这已不是像微笑一样迅速地掠过物体的那种光，总是害怕躲在一切角落后面等着的阴影。这种光是物体的灵魂，像大海一样，涨起长长的浪潮，一直漫过海岸，在那里又闪烁着退回到自身中去。这就是光的泛神论。

　　泛神论的时代来自一种伟大的爱，出于一种真正的信仰。当人们

---

　　❶　本文最初刊载于《维也纳评论》1898 年 11 月号。

对神变得宽容而友好时，就出现泛神论时代。当人们不能理解，神居住在遥远的天国里，把人们所见、所感、所知的一切赠予世人，而神也借此弘布自己并获得休闲时，就出现泛神论时代。因为，高居在世界上空的神，过着鞠躬尽瘁、辛辛苦苦的生活，很少有活动余地。可是，当万有为他敞开时，他就躺倒在万千事物的广阔的床上，伸开四肢的疲劳的关节，做他的梦。

神在休息的时代是幸福的时代。以轻灵的动作整理神的休息场所的世人，拥有创造者的无止境之爱的某种东西，他们像艺术家一样。

因此，具有某些泛神论倾向的艺术家们，他们的成长，远远地超越自己、超越时代。他们作画时，我们总以为，他们能画出超越得很多的东西。我们面对着许多"往昔的"画家们，就会有这种感觉。新印象派画家们并不是最初的泛神论艺术家。素朴的意大利 14 世纪的艺术家们基本上就是如此。可是，他们的神是暧昧的，其姿态是没有画意的。反之，修拉 ❶ 和他周围的画家们却选择了最光辉的神，选择了光本身，他们的画道出一切同样的神话。

现在，一切艺术本来都是宣告神的消息的。因为，一切艺术都使用越来越单纯的手段，趋向伟大的唯一的神，在神的身上，各种差异都得到调和，多样的东西都静静地、完全融化在神的身上。一切艺术，

---

❶　乔治·修拉(1859—1891) 法国画家, 新印象主义运动的创始人之一。他崇拜理论，认为数学与物理学规律是高于感觉和直觉的方法。他相信一切物象的色彩是分割的，要表达这种分割的色彩，必须把不同的纯色以点或块的样子并列到画布上去。他的方法被称为分割主义（ divisionnisme ）、点描法（ pointillisme ）。

结果都想只使用七种色彩而不是上百种；因为，七色是纯粹的根本的色彩，在透过棱镜之前，单单是日光而已。如果晶体的拳头放松光谱的七色缰绳，它们又像先前一样成为明亮的统一的光。

最近几年来的一切艺术运动之产生，乃是由于要采取最单纯、最根本的手段的这种艺术趋势；因为，结果是任何艺术作品都想要——尽管还是展开得如此多彩和广阔——以日光为开端。

新印象派画家们也由此而来。在许多深切的表白敦促之下变得很大的他们的深刻的艺术要求，必须在其次方面获得技术问题的成果。这里有个问题。现在，问题就在于该怎样说出或写出。通过各种尝试和一致见解形成了——这个流派，在这种场合，它无非是这种艺术的语法和正字法的协会而已。他们的规章就是色彩学的规章。由于他们有正当的理由确认这种必要性，就是拿着纯白的调色板，尽可能不使受损，像对待单纯的音一样，使用虹的七色，因此，他们必须考虑到由七色姐妹的相交而奏效的光的放射、减弱和对比的法则。人们必须注意到，日光是按照白天的时刻和场所由红变黄，与此相应，阴影也由蓝变紫，而这种光线的色彩绝不跟物体的固有色调融合，而是跟它相商，跟它辩驳，或者跟它一致，并且也要视那饶舌的反射在各处散布的意见而定。这时就很明显地看出：这些对话的溶解首先在于各种微妙的色彩要素在观众的眼中依照一定的法则混合，就是说，如果这种溶解已在画布上发生，就从人们的眼中先做一番工作。

现在人们看出，色彩效能的选择绝不是任意的，而是要由大师们有意识地应用那些法则，就是他们以前的大家们通过各种理解，充满预感地遵守的法则。物理学和化学的经验，我们当今自然科学的进步，对于艺术也是受欢迎的；它们帮助艺术找到新的形象化的语言。人们无须害怕，这种新的表现方法的意愿和企图会使天才的盲目性和伟大的推察受到影响和毁坏。艺术家能说得越多，他保留的预感就越多。在他能有意识地获得的效果背后，隐藏着使他自己感到惊异的二十种效果。在一切真正的艺术作品之中有上百种跟他的意志无关的美。为了让他说得更完美一些，他所能做的只有为伟大创造空间，这种伟大是不能强迫也不能争取，它是被赠予的……

可是，它只是赠予那种认真的孤独的人。那种默默地走着通向自己的艰难的路，而不是走着通向公众的林荫道的人。

（钱春绮　译）

赫尔曼·黑塞《午夜后一小时》[1]

　　谈论一本发出低沉的祈祷声音的，满怀敬畏和虔诚的书是值得的；因为，艺术没有远离此书。艺术的发端是虔诚：对自己、对任何经历、对一切事物、对伟大的榜样以及自己尚未体验过的力量的虔诚。在我们心中最初的傲慢消失以后，就开始出现被上帝包围的伟大事件，而其结果则以我们面对神力的阴暗的包围圈打开上百扇心扉告终。我们的生活就从此开始：新的生活，也就是 vita nuova。

　　赫尔曼·黑塞的这本书就是在这种感情中产生的。他的话是跪着说的。这是一个年轻的、充满憧憬的生命向神圣的提高世人者发出的

❶　赫尔曼·黑塞（1877—1962）：德国作家，后加入瑞士籍。他在我国颇受欢迎。《午夜后一小时》是他的早期的散文集，1899 年由欧根·狄德里希书店出版。此书笼罩着耽于美的孤独气氛，具有病态的内向性、梦幻的空想。一般不为人所接受。由于作者的自我批判，长期绝版，直到 1941 年才再版。里尔克在本文中却加以高度评价。本文最初刊载于《德国文学的使者》杂志 1899 年 9 月号。

最初的谢词：向但丁和一位女性的谢词，这位女性是可以跟那位出现于一位青年的命运之中、呼唤着走去的贝雅特里齐媲美的。在这本书中，黑塞追随着她，具有双重的意义：他在追寻感伤的诗人们所描写的，走在蛮荒错综的道路上的过去的女性；也就是我们的母亲们在少女时代为此忧伤的影子。可是，在本书中的一节（题名《格特鲁德夫人》），他却能找到另一条道路而说出更感动的话：这伟大的神圣的全部的爱只不过是一种最初的体验，把他分散的心聚拢起来，使他的能力增加千倍，使他的痛苦添上个性的和特有的色彩，使他跟日常生活和偶然区别开来的体验。他认识到，他的灵魂渴望由托着它的洁白的手抛向升起的光中，让灵魂展开年轻的翅膀，高悬在扰攘的尘世上空。在现世的空间里，直到现在所失去的一切事件和奇迹，在过去的恋人的美丽倩影中合在一起，通过这个倩影潜入他的心中，他赞美她成为过去；因为，随之就开始了她的更安静的现在的存在。将会有那样的一天到来（他感到），那时，他不再会把她跟在最初赞美她时从他自己的本质流露出的那种温柔的感情区别开来。有一天他会隐约感到：他的青春年少的无意识的灵魂乃是她在其中沐浴而溺毙的湖，那时，他在她的消失掉的倩影上面画出的最初的一圈波纹将大大地扩展到岸边。

对于《格特鲁德夫人》，在其中启示着这种将接着来临的新的历程的奇异的诗，这种庄严的表现方式是适合的。这些诗句像用金属铸造的一样不能迅速简易地通读。许多形象在这里使文体单纯化。书中的其他部分，文体好像并非无意地遵循同样的风格。它跟题材并未充分结合，它的美也未跟题材融为一体：因此在书中有许多抽象之处。书中有某些星期日语言，但作者似乎还很少有星期日的感觉：好些语言显得太新颖、尚未被使用过。尽管如此，本书并没有太多的文人气。在它的最好的段落，具有必然的独特之处。它的畏敬之念既真诚又深刻。它的爱很伟大，其中的一切感情是虔诚的：它处于艺术的边缘。因此，整本书的华丽的装帧也很适当。

（钱春绮　译）

里夏德·肖卡尔《诗选》[1]

亲爱的肖卡尔先生，要我为收入您的最美的诗篇的这本小书写书评介绍，是您的愿望；这些诗是经受过一切考验和检验、一切由您宣告的审判和神意裁判的。这是一本通得过最后审判和问心无愧的书。您希望我写一篇书评。您如此寄予信任，使我愧不敢当；因为，我在您家里，终究是一个生客，尽管我愿意在这间或那间房间逗留；尽管我对里面的许多东西惊叹、欣赏、感受，在好多绘画之前站上几小时之久；尽管在令我难忘的您的诗中消磨了多少黄昏时刻；尽管我——在尊著的第二部中——仿佛在卢浮宫的一间大厅里休憩，每次抬起眼睛，都碰到意味深长之作；尽管我对您现在给予我的如此的一切表示感谢，

<hr/>

[1] 里夏德·肖卡尔（1874—1942）：奥地利诗人、小说家。他的《诗选》于1904年由莱比锡英泽尔出版社出版。肖卡尔是跟格奥尔格、霍夫曼斯塔尔立场相近的诗人。他也是一位翻译家，译过许多法国诗人如戈蒂耶、马拉美、埃雷迪亚、魏尔兰、杜阿梅尔等人的作品。本文最初发表于《未来》杂志1905年4月号。

可是不知道，亲爱的肖卡尔先生——不，我不知道，您是什么样的人。我在书评中要谈到的您的个性，我不清楚。我发觉，如果要去探求，我是在兜圈子；现在，我回到原来的出发点，现在我要停在这一点上，请您原谅。这一点是我对您表示的善意，对您的成长中的能力所表示的我的信任，对您的许多诗篇所表示的我的爱好，对您的文化修养中的奥地利成分，对交织在其中的柔和、温存、美丽的成分表示的同感。从这些观点上看来，这部《诗选》是您的最好的书。总而言之，是一本好书。可惜我过着旅居生活，您的诗集的以前的版本，手边没有；否则，我乐意在个别的细部方面，密切注意您决心做出的修改。这可能会提供说明。因此，我无法做出比较；可是，我越是多次阅读，我越明显地感到，仿佛从妇女头发中筛出的，那些音节的纤细、均匀的颗粒。您把自己比作一位金首饰工匠，在您的敏锐的书中，谈到 E.T.A. 霍夫曼 ❶ 时，如此明了而出色地认识到艺术家的双重的特性；恍恍惚惚的受孕和应当促成它或者可说是应当保住它的沉静而熟练的手艺。做一个手艺人，此事如何重大，没有人比我知道得更清楚；此事我在罗丹那里学到过。可是，我不能认为您是这样的手艺人，尽管您对您自己的诗做了长期的严格的工作。我觉得，您在这方面还有所欠缺；我该说：忍耐？我该说：恭顺？这都不是我要说的话。我要说的是：达到某种程度的素朴的献身，对工具的服从，还有屈从，严酷地说，就是您不能决心做到的那一步。我好像感到，您在您的工场里也穿上您的心醉神迷的大外套。也许是

---

❶　E.T.A. 霍夫曼（1776—1822）：德国杰出的小说家。肖卡尔著的霍夫曼的传记出版于 1904 年。

必须如此。我只是由这一点暗示：我不知道您是什么样的人。可是，我试图看到您的艺术家气质的另一面，那个幻想的、从遥远处感受到的、理想化的一面，在这方面我也不能完全理解您。作为艺术家的您，怎么能在艺术中比在自然中感到更大的幸福（您自己曾有一次做过这种类似的表明），我无法理解；尽管我听到您的最美的诗篇为此辩护，说明您的情况必当如此，我也不理解。我知道，您特别喜爱委拉士开兹❶、伦勃朗、凡·代克❷、德鲍赫❸、提埃波罗❹、戈雅❺、华托❻，他们是您的镜子。但这也说明不了什么，因为您实际上是在他们的绘画中看到您自己。因为，甚至是自然在这些绘画的深处像奇迹一样向您显现，因此没有人有权利为此责怪您。可是，在您的最稀有的时间里对您说话的声音是从何处来的？是从那些绘画中来的？您从没有在一次狩猎的秋晨从道路深处听到这种声音向您传过来？您有几首诗让人推测此事。我特别热心地在这些诗中探求您；因为在其他诗中只有您的镜像。可是在这些诗中一定有您自身的一些东西；尽管不过是您的足迹；我也曾试图加以了解。现在您看到，我没有成功；我觉得，好像您从没有在这些诗中行走过。不管怎样，我没遇见您。因此我不能对人们谈论您。我到过您的府邸和各处庭园；那是很美的。可是屋主不在家；人们在

❶ 委拉士开兹（1599—1660）：西班牙画家。

❷ 凡·代克（1599—1641）：弗兰德画家。

❸ 德鲍赫（1617—1681）：尼德兰画家。一译泰尔博赫。

❹ 提埃波罗（1696—1770）：意大利画家。

❺ 戈雅（1746—1828）：西班牙画家。

❻ 华托（1684—1721）：法国画家。

等他。您有一个出色的棚和一些极好的狗。可是，它们所熟悉的声音，我没听到。可是，我听人说，您很年轻，才三十岁，我在各个房间里看到某些反复出现的肖像画，那些大概是画的您的夫人和您的小儿子。在您的写字台上，我看到《诗选》；第一部。此外，米米·林克斯●曾跟我谈起过您。不过，这就是我所知道的一切。

您的　赖纳·马利亚·里尔克于瑞典的雍塞雷德

（钱春绮　译）

● 肖卡尔著有小说《米米·林克斯》（1904）。

托马斯·曼的《布登勃洛克一家》[1]

人们将不得不绝对铭记住这个名字。托马斯·曼以一部一千一百页的长篇小说证实了他的创作能力和才能，这是人们不能忽视的。他所关心的问题是写下趋于崩溃的一个家族的历史——《一个家族的没落》。就在几年以前，一个现代的作家，只要指示出这种没落的阶段，由他自己和他的父祖辈的因素造成死亡的最后一人就会感到满足。托马斯·曼却觉得，把本来是几代酿成的悲剧结局压缩在最后一章里是不公正的，他认真地从这个家族达到繁荣的最高点开始着笔。他知道，在这个最高点的背后必将不可避免地开始走下坡路，开头是几乎看不出的下降，随后就越来越急速，最后呈垂直线坠入空无所有的毁灭。

因此，他面临着这种必要，要叙述一家四代的生活，像托马斯·曼

---

[1] 托马斯·曼（1875—1955）：德国小说家、散文家。他的第一部重要代表作《布登勃洛克一家》于1901年由柏林费舍尔书店出版。我国有傅维慈的译本。本文最初刊载于《不来梅日报》1902年4月16日。

这样解决这种异常课题的方法，是如此令人惊异而饶有兴味，使我们，尽管须花费几天工夫，也要把这两册重要的书，一页一页，全神贯注地紧张地阅读，不知疲倦，不跳过任何一页，一点儿不显示出不耐烦和性急。我们有的是时间，我们必须有时间看看书中所写的这些事件的静静的自然的结果；正因为在本书中似乎没有什么是为读者考虑的，因为在任何地方也没有超越事件本身高高在上的作家向高高在上的读者俯身迁就，以便说服他，使他感动——正因为如此，我们要完全置身于事件之中，几乎是亲自参与进去，完全像是在某个秘密抽屉里发现一份古旧的家族文件和书信，慢慢地看下去，一直看到自己想起的那段时期。

托马斯·曼非常正确地感到，为了叙述布登勃洛克家族的历史，必须当个编年史家，就是说：记述各种事件的冷静而不激动的报道者，同时，尽管如此，重要的是，还得是个诗人，要将许多人物充满了确实的生命力、温馨和本性。他把这两者以非常成功的方式结合起来，一面以现代化的手段把握住编年史家的角色，尽力不写下一些显著的资料，而是认真地举出一切看起来并不重要的区区小事、无数的细节和详情，因为归根到底，一切事实都有其价值，都是他企图描写的那种生活的微小的片段。按这种方法，通过这种专心致志于个别的事情的态度，通过对一切发生的事件所持的非常公正的态度，他达到一种生动的表现，这种生动倒不在于题材，而是在于一切事物不断地化为题材。这里乃是套用于其他领域的某种塞冈蒂尼的手法：把每一段落做彻底的、等值的处理，对素材进行加工而使一切都显得重大和主要，形成充满无数凹槽的面，使观察者看上去好像是统一的而且具有从内部发出的生气，最后是报告的客观性和叙事诗手法，使残酷恐怖的事情也充满某种必然性和规律性。

这个吕贝克的古老的城市贵族世家布登勃洛克一家（约翰·布登勃洛克公司）的历史由老约翰·布登勃洛克于1830年前后开始，以他的曾孙，当今时代的小汉诺告终。其中包括商人生活中的各种场面：喜庆和聚会、洗礼和丧事（特别悲伤、可怕的丧事）、结婚和离婚、商业上的大成功和没落的无情的、不断的打击。这里显示出老一代人的安静朴实的工作和后代人的神经质，只注意自己的匆匆忙忙；还显示出在命运的纠缠不清的网中激烈挣扎的小小的可笑的人，又显示出就是那些看得较远的人也掌握不了幸福和不幸，这两者总是从无数小小的活动产生，最初几乎是不牵涉个人的、无名的，但在生活像波涛一样流下去时，却扩散开而又退回来。特别观察入微的是：这个家族的没落首先表现在各个人物好像改变了他们的生活方向，对于他们，向外生存已不再是当然的，而向内部的转向倒是越来越看得分明。参议员托马斯·布登勃洛克已经不得不满足他的虚荣心，而在他的弟弟克里斯蒂安方面，这种从外界生活的背离却导向危险的病态的自我观察，这种病态一直延伸到内部的肉体状态上面，以毫不留情的痛苦把他毁了。这一家的最后的人，小汉诺也以转向内部的眼光走来走去，仔细地窥探内部的灵魂世界，从那里涌出他的音乐。在他身上也曾一度给了他走上坡路的可能性（当然跟布登勃洛克家人所希望的大不相同）：养成伟大的艺术家气质的无限危险的可能性，但终于没有实现。这个多病的少年由于学校的平庸和冷酷被毁了，而死于伤寒病。

他的生活，他的生活的某一天，在小说第二部中占了较大的空间。

命运对待这个少年似乎很残酷，在这里我们也只听到卓越的编年史作者讲了无数的事实，没有愤怒和同情的感情用事。

除了庞大的工作和诗的观照，这种高贵的客观性也该受到赞赏；这是一部完全没有作者的骄傲自负的书。这是对遭遇到的良好、合理的人生的畏敬行为。

（钱春绮　译）

赫尔曼·邦克《白房子》[1]

丹麦人赫尔曼·邦克的小说，我们是知道的。这些小说全都有些非常忧郁、绝望、令人沮丧的地方。我们想起出现在这些作品中的人，也许就像我们想起在童年时代听说过的那些失去希望的不幸的人。一般说来，我们在童年时代（特别是夹在大人中间的孤独的孩子）见到过、感受过的事物和命运，在赫尔曼·邦克的书中也会再看到具有同样遭遇的人生。这种人生的呼唤是如此奇妙地充满了诱惑和爱抚，就像把年轻人勾引到无底湖海的可怕的深处去的水妖的声音——这种人生的步伐是如此急匆匆，人们跟它不上，只好把疲惫的双手放在膝盖上，束手无策而忧伤地微笑着停留下来，不然就是充满一种令人可怕的仓皇，做

---

[1] 赫尔曼·邦克（1858—1912）：丹麦小说家和评论家。多愁善感的作家。晚年漂泊各国，朗读他自己的作品，客死于美国犹他州的奥格登。他著有小说《白房子》（1898），由特雷泽·克吕格尔译成德文，于1902年由柏林费舍尔出版社出版。里尔克的这篇书评最初刊载于《不来梅日报》1902年4月16日。

出许多匆匆忙忙的小动作跟在后面，直到累得要命，昏倒下来而死在路旁。特别细致敏感的人们常常具有的这种急性子，这种像发高烧似的有气无力，乃是赫尔曼·邦克的作品中本来的主题。

在他以前的作品中，这种喘息扩展到所有的世代，人们认为可以听到他们的喘息，而在他最近的作品《白房子》中，他给自己布置的课题，却是给我们显示一个个别的人物，人生像梦一样从此人身边掠了过去，她以无数轻轻的爱抚，以甜蜜的少女般的亲热接近人生，想将它把握住；因为悲剧就在于：人生含着陌生的微笑要从他身边走过去的这个人，她没有支配人生的力量，她热爱的、认识的人生，正好是人生的强烈的充满力量的现象。这个人物，这个白衣夫人，她非常年轻，因为她不得不早死而不会变老的这位孩子般的母亲，有某种典型之处，而赫尔曼·邦克，我觉得，是他创造出这种典型。这部作品应当由这一点来加以评价，因为一本书，它深深地确实地把握住某个人物的本质，使我们并不感到它是例外，却像从无数镜子里反复反映出来一样，看到它在各种不同的远处出现而又消失。

可是还有些别的东西使这本书成为具有特别意义的大事：它只能像它现在写成的那样来写。也就是说，正像人们只能真正写出一本书那样来写。它是像快活的儿童们讲述故事那样写成的。人们穿过一家人家，穿过《白房子》，穿过菜园，穿过城市，访问村长，耶斯珀尔森夫人各式各样的人——每次都知道母亲在这一切场所做过什么事、说过什么话，听到她的笑声，感觉到她的沉默——尽管人们不知道待在谁家，人们却知道，这只是有关母亲的问题，有关被称为"夫人"的那位母亲的问题，她生活在这些人中间，对这些人有很大的热爱，比他们优越，因为她与众不同。这件事，孩子们也看得出，那位父亲也知道，那位父亲在充满忧虑和书籍的书房里过着独自的生活，总是在书籍之间走来走去。当白房子里一片沉寂时，有时可听到他的脚步声，或者在日暮时，尚未点灯之前，当那位母亲坐到钢琴旁且弹且唱，人们会看到他突然站在门口，黑黝黝的，像一个高高的幽灵。在这个时刻，母亲就发泄出她的悲伤，就像在夜幕降临之前，某种花草散发出的清香。而孩子们则坐在大房间的某个角落里，越发想听他们不能理解的这种奇妙的悲伤之歌……

以后在生活中他们也许会对此有所领悟。这些孩子中的一个，长大成人，成为成熟的、忧虑的、倔强的大人，写一本书，关于他的童年时代的书，完全充满了"热爱明朗的人生"而不得不早死的那位母亲的美与无依无靠的诗。

（钱春绮　译）

北欧的两部小说[1]

俄国人，托尔斯泰和迦尔洵，叙述过战争，战争的重压及其不正常、残酷和专横。赫尔曼·邦克以其小说《蒂涅》[2]跟他们相近；他叙述了丹麦－荷尔斯泰因战争的插曲。但是他没有跟着越过丹麦要塞向迪珀尔挺进的军队，他讲述的是军营的故事，讲那些士兵，在打胜仗或打败仗以后，一再地，越来越精疲力竭，越来越一声不吭地回家，还有在那里等候他们、接待他们的人们的故事，描写了不幸、绝望和犯罪怎样降临到那些留守者，那些老人、妇女和姑娘们的头上。不仅死亡和痛苦的临终充满了战场和战壕，毁灭以无数的形式侵入各个人家，庭院和街巷；树木在被践踏的田野里枯死，失去主人的狗在到处走来走去，牛在牛棚里气喘吁吁而惊慌不安地哼叫着。炮声越来越响，

---

❶ 本文最初刊载于《不来梅日报》1903年2月14日。

❷ 邦克的小说《蒂涅》德译本于1903年由费舍尔出版社出版，译者为 E. 魏泽。

人们接触到的一切东西仿佛感到恐怖在发抖。天空在发抖，地面在发抖，每天早晨，太阳也颤抖地升起，为它自己一天的行程担忧。而人们却继续过他们的生活，像以往一样在喜悦、愿望、烦恼、希望和恐怖中度日。不过这一切在他们生活中却不断高涨，变得更加性急、强烈和凶猛。要求大增，而且有各种各样的要求：对他们的勇气的要求，对他们的忍耐的要求，对他们的爱、献身和喜悦的要求。手头增添了许多新的工作，脑子里跃动着无数新的思想，心跳也起了变化。白天跟往常不同，夜晚几乎跟白天一样，有的是不安、工作和改变。出现了异常，形成了新的情况。总是动摇不定，没有时间养成习惯；没有规则，没有预见。充满了意想不到的事件，这种激烈的很大的变化，人们最初几乎感觉像什么隆重的大事；因为所有不习惯的事物在最初的瞬间，跟日常相比，似乎有些庄严的样子。于是就出现这种情况：紧接着死亡的来临，在留在后方的人们中间，发生生活的加剧，过度紧张，积极和活动，姑娘和女仆们非常天真地为此献身。那些从战壕转移到军营休假的士兵，从巨大的死亡危险中带来同样兴奋、高昂的心情，这种同样匆匆忙忙的兴奋生活状态，跟留在后方的人们的感情结合起来，形成一种陶醉和昏头昏脑。可是，双方都浪费自己的精力，首先在战士们一方出现一种麻痹状态和严酷，使另一方的人感到诧异和吃惊。而那些留在后方者的精力也慢慢地开始减退了。从战场上传来令人不安的消息，炮声在吼叫，全岛在燃烧。像呻吟的血流一样，载着伤兵和临终士兵的车队通过所有的街巷，从燃烧着大火的各个村庄逃出的难民露着像做梦一样发狂的苍白的面色溜进一座座挤满了人的房子里。

　　学校教师的女儿蒂涅就这样跟所有这一切惊恐和事件紧紧联系在

一起。她的爱情的开始和结束适逢这个苦难的时期，她的整个一生再度归纳在其中，她怀着无限的恐惧和重压结束她的生涯。她在一个困苦的时代中恋爱和死去，这一个时代，爱情和死亡在其中比以往更奇妙地纠结在一起，因此，谁想要选择二者之一，也必须选择二者中的另一个。

把这种宁静、秘密的少女的命运跟扰攘喧闹的时日结合在一起，而没有取消那种极其独特的生活方式，看来，除了赫尔曼·邦克，是没有别人能做到的。尽管蒂涅跟喧嚣和动荡不相干，而这部小说中所谈的几乎仅仅是动荡和喧嚣，我们所看到、感到、体验到的她的存在却如此的强烈和直接，好像她在完全由她规定、支配的环境中居于主人公的地位。邦克为这部小说所写的非常有兴味的序言对他的艺术如何能起到这种作用给出了一些重要的说明。我们得知作者写出这部小说的强烈的个人的诱因；我们从蒂涅在其中忙碌操劳的家庭认出邦克痛失的天伦之乐，从小说中的破坏、逃亡和瓦解之中看到作者对童年时代的主要印象。这种难忘的、决定性的和痛苦的印象，对邦克而言是一种基本感情，成了他小说中的人物活动的舞台。因此，他们能以一切多样性和混乱为背景而交织进去，却又能保持这种纤细的轮廓的鲜明，这种容许保留独特的个别作用的孤立的存在。比起邦克以前的一切著作，在这部小说中，可以更明显地感到作者的绝妙手法，他描写女性人物，赋予她们最大程度的活力，却仿佛只是轻轻谈论她们那样。他有一种技巧，当他给予她们一种动荡的、波动的背景时，他给这些身影留下个空白，他让她们变白，而在她们身上出现的一切变化，乃是在这白色内部出现的转移色，乃是上百种异样的白色，从耀眼的明亮到这种白色在朦胧之中沾染上的捉摸不定的、难以接近的色调。

有关这方面，我已在介绍邦克的《白房子》一文中叙述过，在此处要再次强调一下：这位大艺术家的不寻常和重要之处首先在于他的努力，要更加接近他自己的童年，他的记忆、本性和各种事物。作为最严肃、最认真的作家之一，赫尔曼·邦克走着这条艰难的道路。因此，他与素材有一种与众不同的关系：他从童年的昏暗之中出发走向素材，就像从素材本身的深处出发一样；他对素材体验得更密切、更正当、更认真。在提出如此多的问题和要求的现在，在这位作家的面前摆着一个单纯的伟大的课题：他要重新支配他的童年时代，希望能够把他的印象和那些景象、事件叙述得简朴明了。他召唤各种记忆。他的道路是通向一个伟大的艺术的道路；因为，创作也许不外是深深的回忆。

在这里我还必须简单介绍一下北欧的第二本书，古斯塔夫·阿夫·耶伊尔斯塔姆❶的《结婚的喜剧》。正像邦克的新著跟他的《白房子》相衔接一样，耶伊尔斯塔姆的这部小说也跟这位作者早先问世的作品《小弟弟的书》有关联。在那部书中，结婚问题已立于中心点；人们感到：古斯塔夫·阿夫·耶伊尔斯塔姆对男女双方生活的问题感到担心，他在短期内将再抓住这个主题。在这部新作中他处理了这个问题；但处理的方法也许不像人们由《小弟弟的书》所能期待的那样有广度。他在这次只限于描写一个特殊的场合，一个奇特的意想不到的场合，他

---

❶　古斯塔夫·阿夫·耶伊尔斯塔姆（1858—1909）：瑞典作家。自然主义的代表作家，后来写心理小说和喜剧以及取材于田园生活的戏剧。他的小说《结婚的喜剧》德译本于 1903 年由费舍尔出版社出版，译者为弗朗西斯·马罗。

具有说服力地，以饶有兴味的、沉着的彻底态度来进行创作。在这里，婚姻虽然被一个第三者干扰，我们却因此又面对着这个主题的古老的变体；可是这个第三者本来是一个完全中立的存在，正是那夫妇二人，虽然互相非常谅解，却把他变为他们共同生活的威胁。他们自己赋予他一种支配他们二人生活的力量，结果，他没有错过行使这种力量的机会，而使他们二人分手了。这对分手的夫妇在他们的临终的孩子身边重逢，认识到，造成他们离异的，乃是一种错觉，一种自己营造的幻想，对这个场合而言是无关紧要的。这次和好不无感伤的情绪。这部小说的新颖和奇妙的特色，就在于描述这样的婚姻的故事，这种婚姻由二人自行破坏，由夫妇二人间某种粗心的一致意见，由于在夫妇共同生活的许多场合不得不被认为是一种相互理解的自由行动而造成破裂。耶伊尔斯塔姆由这部小说造成一座过渡的桥梁，通向他也许有一天会给我们写出的一系列作品。在这些书中，一位如此认真而朴实的作家终将能给我们叙述不再需要第三者的婚姻的戏剧。拉丁语系的文学创造了这种闯入者，可根本上只是拆散力的一种笨拙的、为舞台打算的拟人化，这种拆散力不断出现在由境遇结合在一起的二人之间。无疑，北欧人是最早能把婚姻的故事作为两个人的故事来理解的，问题不在于一个偶然的第三者能把他们拆散，毋宁说是他们二人知道，他们的共同生活的一切危机是存在于他们自己身上，在他们的希望、发展和成长里面。这个似乎是陈腐的题材，不仅由此变成了新颖的东西，而且也会使一切模棱两可的可悲的次要意义一下子丧失掉，显示出它原来的本质：作为一个人与人之间的严肃的困难的问题，处理成为一个介入的陌生的第三者尽管置若罔闻，却又不能解决的问题。

这就是必须一本接一本，密切注意地跟踪古斯塔夫·阿夫·耶伊尔斯塔姆的主要理由：因为他（也许跟卡林·米哈埃利斯●一起）似乎是最有能力把这个严肃的题材严肃地、出色地处理的。

（钱春绮　译）

● 卡林·米哈埃利斯（1872—1950）：丹麦女作家。1905 年嫁给作家索夫斯·米哈埃利斯，1912 年改嫁美国外交官查尔斯·E.斯坦基兰德。长期居住在德、奥、美、英等国。著有诗歌和妇女小说，如《孩子》（1902）、《乌拉·芬格尔的命运》（1903）等。

雷温特洛夫伯爵夫人弗朗齐斯卡[●]《爱伦·奥勒斯切尔涅》

亲爱的爱伦·奥勒斯切尔涅，现在看到讲起您的故事了；我觉得很好。我觉得，您的一生是应该被人叙述的生涯之一，我认为首先要对年轻人讲，对那些想踏进人生而又不知怎样踏进人生的男女青年讲。现在踏进人生是容易了，因为有一本书写出来了，您迄今所体验到的一切都写进这本书里了；在此以前是较为困难的，因为，现在人们所能读到的，那时还是在进展中的现实生活，您的生活，爱伦·奥勒斯切尔涅。那时对一个需要帮助的人，无法把什么交到他手里；也无法对他讲，因为人们不知道。人们不知道，第一，因为那时这种事还处

[●] 雷温特洛夫伯爵夫人（1871—1918）：德国小说家和翻译家。她很早脱离家庭，在慕尼黑过着自由放纵的文人生活。里尔克于1897年与她结识。她的自传体小说《爱伦·奥勒斯切尔涅》于1903年在慕尼黑出版。有人说读了此书，里尔克便决心写《布里格手记》（里尔克开始写《布里格手记》是在读该书数日后，即1904年2月8日）。这篇评论最初刊载于《未来》杂志1904年2月号。

于发展阶段，现在能被人讲述的这样那样的事还没有发生；其次，人们不知道，因为没有人能知道别人的生活，即使是最亲近、最亲爱的人们的生活，即使是自己所生的子女的生活，也无法知道。或者我说的话不对，爱伦·奥勒斯切尔涅？是不是孤独的岁月使我跟世人太疏远，或者在从未与人正当交往的生活之中也许把与人交往的价值估计得太低？那些跟您接近的人，那些（年轻的和中年的）人们可曾了解您的生活？那些有经验的人，您这个可爱的勇敢的孩子，您在他们那里寻觅生活、幸福和快乐，寻觅您在不安的狭隘的童年时代日渐增长的憧憬的一切陌生事物，他们可曾知道，是谁怀着巨大的强烈的渴望来到他们面前？在您爱过的男人当中，可有一位，爱伦啊，由于能短时间地占有您，占有您的青春和您那开阔的焦躁的心而变成另外一个人？我恐怕，爱伦·奥勒斯切尔涅，他们全都留在老地方，就像当春光明媚而喊喊喳喳地掠过时人们还守着他们的微不足道的事务一样。什么时候有一个男人，他有闲暇去探究他所爱的一位少女的生活？他以为，在最初的短暂的相识时，他是知道的，但以后他就忘掉了；因为，爱上一个人，一个有着独自的、不确实的、变化的生活而且是孤单的整个人，这对男人们还是新奇的事。爱伦·奥勒斯切尔涅，爱上一个孤独的人，一个在童年时就已经是孤独的人，这是很难的；您可记得，就是您的父母也已经做不到？您的父亲总是一再想爱您；而您的母亲却对您满怀敬意，这其中也许另有理由。您应当考虑（即使人们互相隔开很远），一个人还是会影响到另一个人，并不以他正好忍受的痛苦，并还以他在其中欣然自得的快乐——而似乎是以他全部命运的一个大团块。您的母亲对您身上的命运及其重压感到憎恨；对您生活在其中的极大的贫困的压力，对难以承受的您的这种困苦和无依无靠感到憎恨；对您奋斗得来的孤独的胜利感到憎恨，因为她奋斗不到。这是您的命运，爱伦·奥勒斯切尔涅，在没有发生此事以前，命运就把您的母亲从您身边夺走了。您的命运，在它实现时，就把许多人从您身边夺走了；可是在一部分已经失去的现在，就因为这个命运的缘故，不再有爱您的人了？如果没有，爱伦·奥勒斯切尔涅，我倒能希望您，有所改变，变成某种孤独者，停止在世人中间探求生活，却把一切指望寄托在事物上面。那时，我就希望不再有任何人出现在您的回忆之中，只有大海，您的故乡的辽阔的灰色的海●，涅维尔斯胡斯城堡和它的花园，海堤后的小小的北方海边城市；只有树木、花草和您喜爱的事物，也许是一只动物，也许是一只狗——在您童年时出现的一只狗。可是我想起，在您的生活很苦的当时，就在那个城市，住着几个年轻人，男女青年，他们似乎从远方感到您的命运而奇妙地有所感触。他们是人生的生手，笨拙的人，他们想知道您的生活虽然艰苦，您却渴想生活，这一点，对他们具有无限的重大意义；您的生涯，尽管一切都跟它反抗，您还是渴想生活，您把它造成完全孤独的生涯，就像一个人，在牢狱中，尽管从未有人教过他，他却以空无一物的东西做成一把提琴在演奏。这些年轻人，如果碰到让他们感到自己的生活很苦的日子，他们会互相说，他们没有感到生活很苦的权利，因为他们没有尝过挨饿的滋味。

● 伯爵夫人生于德国北方石勒苏益格的胡苏姆（位于北海沿岸）。也是胡苏姆人的施托姆在他的抒情诗《城市》中写有这样的诗句："灰色的沙滩，灰色的海滨，城市就在它近旁。"

如果有那种让他们觉得生活很不幸的时刻到来，他们就会想到一位年轻的姑娘，她跟贫困和疾病做斗争，在医院里不劳动而休息、鼓起勇气接受手术，在默默的护士们的手下静静地康复，这真是意味着一种幸福。如果这些年轻人，处于许多过渡时期，被那种充满死亡憧憬的动摇不定的情绪攫住，那时他们就会感到惭愧，认为他们不了解死亡，不像如此热爱人生的爱伦·奥勒斯切尔涅那样了解死亡……我想起，有几个这样的年轻人，爱伦·奥勒斯切尔涅，我认为这本把您的一生故事写进去的书，应该把它交到那些想踏进人生而不知道如何踏进去的人们的手里。他们将会，如果我没有猜错，觉得这本书，是超过其中所写的个别事实的事件，完全像其他人在您的命运发生时觉得您的命运就在他身旁。您可知道，当我对这个命运进行全面观察时，就像是一个孤独的命运？如此愉快地把自己献给世人的爱伦·奥勒斯切尔涅（因为她以为人人都是人生），她会永远是个孤独者吗？许多事都做出肯定不会的回答；因为，从她的生涯受到影响的人，还没有在她的命运中出现。爱伦·奥勒斯切尔涅，您是一个孤独者，这使您伤心吗？您的孩子也不会有所改变，这使您伤心吗？因为您知道，要与众不同，要远远离开，要远离一切大人，乃是孩子们的本性。孤独的人们对远方世界起着作用。因此，我觉得，您孤独，这是好事。否则，您怎么能进入您的孩子的远方世界，远远地进入他们的生活之中？可是，现在您能进入了。这可是您所想要的。这可是您所想要的，亲爱的爱伦·奥勒斯切尔涅？

（钱春绮　译）

玛丽安娜·阿尔科福拉多修女的五封信

我们并不缺少关于感情生活的报道和传闻。但是我们看到的只是在短短的一瞬间的感情，也就是当它从命运的洪流中泛起，或者，在它死灭时稍许平静地横躺着漂过洪流的表面。

使《葡萄牙人书信》在任何时代都不丧失其声誉的原因是否也许就在于：其中的一种伟大的感情，仿佛奇迹一样，在命运之外泛滥，清晰可见，远远地可以看到，而且令人难忘？

我们何时有过这种机会看到爱情如此的增长？哪里有过如此坚强、急切的感情，它登时再潜藏下去，变换样子，或者进行改装而重新出现，使我们迷惑？著名的情人们的手法正好是把她们的感情深藏在水中；在她们的肖像画中提供给我们的常常是奇妙的沉重的微笑，她们用这种微笑压在她们的浮起的感情上面，使感情一直沉到命运的水底。

玛丽安娜·阿尔科福拉多的那种微笑却会是多么不同。我们对她的微笑没有任何印象，也就难以要求我们看到她的面孔。我们却觉得她的神情，她高举起艰难的爱情，超出自己而把它远远地奉献出去的那种不断增强的神情是永恒不变的。我们以前不知道这种神情，但我们却不是第一次听到这种声音。她的声音就像是在突然来临的春夜，从一切再也无法隐藏的万象之中常常会突然冒出的声音。就像做出夜莺一样的气势，不仅传出一种叫声，而且也传出含有不可思议的夜色的一种沉默，就像这样，在这位修女的言辞中存在着一切感情，可以言传的和不可言传的感情。就像鸟儿的声音一样，她的声音也是超出命运之外的。

她的生活是非常偏狭而且呆板简朴的，甚至在她倒霉的爱情之中也没有命运的发展。她发觉到自己与命运无缘，在她还希望成为一个伟大的被人爱的情人期间，她渴望称为命运的那些重重叠叠的、使人兴奋的、使人破灭的一切都会过来。可是尽管如此，她却越发成为我们所赞叹的伟大的痴情人。

在每次读她的书信时，对于那使我们不由得赞叹的，我们能做些什么？这些像奔流一样的责备和希望、绝望和着迷，一再地以同样的强力越过我们的头冲上去，我们无力把它阻拦。一再出现同样的问题、同样的诘责、同样的许诺。这是我们在读厌时通常发出的爱情的问题、诘责和许诺。可是在这里，当它们出现时，要给它们赋予一种意义，我们却无此能力。

爱的本质并不在相爱的男女的共同世界之中，而是在一个人强迫他人使其成为某种对象，无限多样的对象，成为其力所能及的极品，这一点虽是我们所预期的，但能如此明显地揭示出来，却也许从未有过。这位被抛弃的修女的信证明了这个事实：夏米叶伯爵几乎能从这种强迫之中完全脱身，如果我们不假定，他在几个月之间，成为这个对爱情如此认真的充满喜悦的女子的恋人已经过分劳累。那时，他这位自负而又自私的伯爵对她的感情提出几个要求，她都非常出色地满足了他而且以丰富的才能大大超过，使他惊异而退避。他的离去对她而言是不可理解的，但却促使她完成她的使命。在孤独之中，她的本性把她那位情人在草率和匆忙之中忘掉的要求全都承担下来，加以弥补和完成。为了把这段草率而匆促地开始的爱情升华得如此完美，人们几乎可以说，孤独是必要的。

能够如此伟大地感受一种幸福的这个灵魂，不会再沉到不可测知的人生的底部。她的痛苦是巨大的；可是她的爱情却大大超越她的痛苦而发展：再也不能遏阻。最后，玛丽安娜向情人这样大声表白她的爱情："它再也不取决于你是如何对待我。"它经受了一切考验。

作为一种无与伦比的成果的爱情随着 17 世纪的这些书信为我们保留下来。就像在一幅古老的花边里一样，各种痛苦和孤独的线不可理解地交织其中，形成香花，纷繁的香花之路。

为什么这些信现在也交到我们手中？我们是否应该想到一位妇女的生涯所能到达的极限：

怀着至福的、不可阻挡的、决定的感情，长得超过那些慢慢学习困难的爱，仍然只有当个初学者或是外行的选择？

（钱春绮　译）

（译者附记）玛丽安娜·阿尔科福拉多（1640—1723）是葡萄牙贝雅市的修道院中的修女，她写给驻葡萄牙的一位法国军官诺埃尔·布东·德·夏米叶、圣莱热伯爵的充满热情的情书，于 1669年 1 月由巴黎克洛德·巴尔班书店出版其法译本，以后重版多次，并被译成欧洲各国语言。日本也有佐藤春夫根据普雷斯泰奇的英译转译的日译本。这些情书堪与法国修女哀绿依丝写给阿贝拉尔的情书相媲美，在 1788 年就出过德译本。里尔克对这些情书的关心大概是在丹麦人卡尔·拉尔森的著作《修女玛丽安娜及其情书》的德译本于 1905 年由英泽尔书店出版的前后。这篇短文当是为该译本所作的评介，刊载于 1908 年度的《英泽尔年鉴》。后来，里尔克本人又根据巴尔班本译成德文，于 1913 年作为英泽尔文库的一册出版。他并在《布里格手记》和其他书信中多次提到。

向上生长的光芒